# 렌트 인생

# 렌트 인생

**1판 1쇄 발행** | 2016년 12월 20일

**지은이** | 김영애
**발행인** | 이선우
**펴낸곳** | 도서출판 선우미디어

등록 | 1997. 8. 7 제305-2014-000020
02643 서울시 동대문구 장한로12길 40, 101동 203호
☎ 2272-3351, 3352 팩스: 2272-5540
sunwoome@hanmail.net
Printed in Korea ⓒ 2016. 김영애

**값 12,000원**

※ 이 도서의 국립중앙도서관 출판시도서목록(CIP)은 서지정보유통지원시스템
홈페이지(http://seoji.nl.go.kr)와
국가자료공동목록시스템(http://www.nl.go.kr/kolisnet)에서 이용하실 수 있습니다.
(CIP제어번호:2016029809)

ISBN 978-89-5658-482-9 03810
ISBN 978-89-5658-483-6 05810(PDF)
ISBN 978-89-5658-484-3 05810(EPUB)

김영애 수필집

# 렌트 인생

선우미디어 sunwoomedia

# 작가의 말

근육들이 반란을 일으켰다. 정맥과 동맥에 붙은 푸르고 붉은 근육들이 격투를 벌인 것이다. 몸을 뒤섞은 채 서로의 심줄을 잡아당기는가 하면 다른 한쪽을 숨 막히게 누르고 뒤틀며 쥐어짜는 한바탕의 격한 몸싸움이다.

피부 아래 근육들의 움직임은 어찌 보면 세차고 사납게 흐르는 물의 흐름 같기도 했다. 심하게 부딪히는가 하면 흐름을 뛰어넘기도 하다 격렬하게 소용돌이치며 우당탕탕 흘러가는 거친 강줄기 같았다. 저돌적으로 공격하는 심줄들의 항쟁은 얇은 피부 아래에서 거친 혁명이라도 치르는 듯싶었다. 무력과 충돌하여 쓰러지며 다시 일어나 저항하는 힘살들의 쿠데타가 살갗 밑 깊숙한 곳에서 밤새껏 진행된 것이다. 심줄들의 격동적인 투쟁으로 인해 일어나는 근육의 시달림을 나는 그저 온몸을 뒤척이며 힘들게 견디어 냈을 뿐이었다.

회원권을 끊어 놓고도 헬스장에 거의 일 년을 못 간 것 같다. 처음에는 일 때문에 못 갔고, 다음에는 몸이 무거워진 탓에 힘들어서 가지 못했다. 세월과 함께 대책 없이 더해지는 체중은 옷 치수의 걱정을 지나 다른 질병까지 불러 올 판이었다.

그리하여 무거운 몸을 이끌고 며칠 전부터 헬스장에서 운동을 시작했다. 오랜만에 하는 운동이라 몸은 깨지기 쉬운 유리병을 만지듯 조심조심 다루어졌다. 운동이 끝난 그날 저녁이었다. 밀려오는 피로로 잠자리에 일찍 든 나는 피부 밑의 근육들이 벌이는 치열한 몸싸움으로 밤새껏 근육들의 시달림을 견디어야 했다.

붉은 피의 근육과 푸른 혈액의 심줄이 맞붙어 벌어지는 치열한 전쟁, 그것은 나태함에 늘어진 기존 힘살에 도전하여 새로운 산소를 뿜고 솟아오르려는 신선한 근육들과의 격렬한 투쟁인지도 모른다. 온몸이 저리고 아팠지만 다음 날 아침의 신선함이 좋아, 그날부터 쉬지 않고 헬스장을 찾았다. 힘줄들의 혁명은 매일 밤 몸을 쥐어짜듯 괴로웠지만, 새로움을 향한 항쟁은 누적된 몸의 노폐물을 대담하게 폐기시키며 나를 바꾸어가는 것 같았다.

생각해 보면 나의 글쓰기에도 참신한 혁명이 필요한 것 같다. 신선한 근육 밑의 붉고 푸른 피가 온몸을 순환하듯, 영혼 속에 자리 잡은 사고와 사상도 매번 새로워지려면 과감한 도전이 필요할 듯싶다. 안일하게 길든 기존의 사유가 벗겨지며 생긴 따가운 통증을 감내하면서도 틀에 박힌 생각을 바꿀 필요가 있는 것이다.

자유롭게 하늘을 날아가는 한 마리의 새, 힘겹고 고통스럽지만 새로움을 찾아 끝없이 푸른 하늘을 멈추지 않고 유영하지 않는가. 새롭지 않은 것은 어제의 묵은 삶으로 떠내 보내고, 내일을 향한 오늘은 최소한 어제보다는 새로워져야 할 것 같다.

상상의 하늘을 날으리라. 생각이 한 자리에만 머무르지 않도록 틀에 박힌 사고들을 벗어나기 위해 안주했던 영혼에 도전하며 비상하리라. 변화되는 사고와 상상으로의 흥미로운 여행은, 수많은 근육들의 사납고 거센 항쟁같이 의식이 있는 한 끊어지지 않으리라.

새로운 비상의 날갯짓 하나로 이번에 세 번째 수필집을 엮었다. 언제 보아도 항상 어딘가가 모자라 보이는 나의 글, 하지만 내일을 향해 발돋움 치려는 열정으로 너그럽게 보아 주었으면 한다.

수필집이 나오기까지 애써 주신 정목일 선생님과 곽흥렬 선생님 그리고 이 책이 세상 빛을 보게 해 주신 선우출판사에 고마움을 전한다. 그리고 언제나 내 편이 되어 준 남편에게도 감사함을 표하고 싶다.

2016년

김 영 애

1

가시

꽁치의 뱃속같이 복잡한 삶이라고 살과 가시를 구분 못하고 조심성 없이 마구 삼켰다가는 날카로운 가시에 걸려 통증과 상처로 힘들어진다는 것이다. 그것은 거친 삶에서도 내가 먹을 수 있는 '살'과 취해서는 안 되는 '가시'를 각별히 분별해야 함을 지적해 주는 것 같다. 내 맑은 영혼의 눈이 분수에 맞지 않는 욕심에 가려져, 삼켜서는 안 되는 것을 취하게 되면 그것 역시 예민한 삶의 가시에 걸려 인생을 힘든 고뇌로 채운다는 것이다. 가시는 나를 아프게 자극함으로써 뼈아픈 가르침을 주었다. 꽁치의 사리로 변한 가시가, 내 가슴속에서도 지워지지 않는 사리로 남았으면 좋겠다.

# 발톱

발톱이 탈이 났다. 엄지발가락 네모난 발톱 아랫부분이 부어올랐다. 무언가에게 불시에 공격받아 편치 않은 탓에 푸석푸석하다. 불운의 시초가 모호하듯 쑤시지도 않고 톡톡 쏘는 것도 아니지만 어쩐지 분위기가 심상치 않다. 소리 내어 크게 울 수도 없고 심한 통증으로 주의를 끌 수도 없게 되자 발톱의 불편한 속내는 끝이 보이지 않는 터널 속을 암담하게 걷는 기분일 것이다. 시간이 지날수록 그 빛이 침침하고 거무죽죽해지는 것을 보면 우울증에라도 걸린 듯도 싶다. 순간적으로 불행 바이러스가 피부 밑으로 잠입한 것이 분명하다.

수술한 무릎에 부담을 덜려고 수영을 시작한 첫날이다. 헤엄을 마치고 돌아온 저녁, 발톱 아랫부분과 맞닿은 피부에 날카로운 질통이 지나갔다. 면도날로 금을 긋는 듯 예리하고도 아슬한 통증이었다. 얼마 후 아픈 것이 멈춰지자 엄지발톱의 낯빛이 변하기 시작했다. 박테리아인지 바이러스인지 나쁜 균이 그 주변을 침범하며 감염된 것이리라.

발-톱을 발음해 본다. 발에 달린 뾰족한 톱이다. 나무가 잘릴 만큼 예리한 날을 가진 톱은 발에 붙어 '발톱'이 되었다. 그래서인가, 먹이를 공격할 때의 독수리 발톱은 눈매보다 더 날카롭게 날을 세운다. 곤두선 발톱은 생명체가 적을 공격할 때 사용되는 치명적인 무기였다. 그것은 표적에게 타격을 주려 집중된 독수리의 총칼이며 살아남기 위해 솟은 본능이었다.

한 시간이 넘게 지루한 순서를 기다리던 칸쿤의 비행장에서 줄에 없던 대가족이 마지막 순간에 내 앞을 들어서며 순서를 가로챌 때, 가슴 한 편에는 뾰족한 발톱이 섰다. 스페니쉬나 영어로 이유도 듣기 전에 가슴 깊은 곳 어디에선가 공격의 발톱이 예리하게 선 것이다.

"실례합니다. 저보다 먼저 줄에 서 있었나요? 저는 한 시간 전부터 줄서서 기다리고 있었는데요."

온몸의 신경에 순간적으로 터지는 열꽃같이 발톱은 날카롭게 날을 세워 질서를 무시한 사람을 할퀴기 시작했다.

"아 우리는 줄에만 서있지 않았을 뿐 언제 부터인지 모르지만 벌써 오래 전에 와 있었어요."

타당하지 않은 설명과 반박이 이어지자 검사관이 달려왔다. 그는 무슨 일이냐며 앞 사람과 나의 중간에 권위의 발톱을 들이밀었다. 순간, 곤두섰던 나의 발톱이 털 밑으로 사라졌다. 고양이가 온몸의 기지개를 켤 때 발톱을 누그러뜨리듯, 중재인이 생겼으니 나의 발톱은 방어만을 유지하면 되기 때문이었다. 사리에 맞던 나는 방어의 발톱만으로도 당연히 권리를 찾을 수 있을 것이다.

누구나의 가슴속에는 공격적인 발톱이 하나씩 있다. 천당과 지옥이 각자의 마음가짐에 따라 달라지듯 발톱을 곤두세우느냐 눕히느냐는 자신의 선택이다. 발톱을 세워 주변을 공격하느냐 그것을 눕혀 주위와 부드럽게 융화하는가는 자신의 가치관이며 삶의 철학일 것이다.

그러면 나의 발톱은 어떤 것일까. 항상 예리한 발톱을 세워 부정적이고 파괴적인 공박만을 일삼는 것은 아닐까. 아니면 누그러지다 못해 날카로운 발톱이 있는 줄도 모르게 애매모호해져서 비굴하게 방어만 하며 세월 속에 밀려가는 것은 아닐까. 그것도 아니라면 순간적으로 자기 성질에 못 이겨 이치에 맞지 않은 공격을 했다가 감당이 안 되자 순간 그것을 감춰버리는 즉흥적인 일회용 발톱은 아닐까. 아니면 뚜렷한 삶의 잣대가 없어 긍정적인 공격과 계획적인 방어가 뒤범벅이 된 채 뒤죽박죽 엉켜버린 발톱을 갖고 있는 것인지도 모르겠다.

모든 생명체는 자신을 지켜주는 발톱을 은밀히 지니고 있는 것 같다. 매혹적인 장미에 돋은 뾰족한 가시라든가 여려 보이는 야생화의 온몸을 감싼 까칠한 몸털들이 그것이다. 어느 남자는 여자의 매력을 그녀의 발톱에서 찾았다. 야시시한 형광 빛 매니큐어를 발톱에 입혀 남자를 도발적으로 유혹하는 여자. 요염한 여성의 발톱은 암컷임을 강조해 수컷을 유혹함으로써 삶을 연명하며 보호받고 있는 것이다.

외부를 향한 과감한 공격과 기본적인 방어를 하는 발톱은 힘이다. 그러기에 그것은 자신을 지켜주는 생명체의 자존심이며 울타리이다. 울타리가 없으면 누구라도 수시로 침범하며 드나들 수 있지만 그것이 있음으로써 자신을 보호할 수 있는 것이다.

생각해 보면 세상에서의 긍정적인 발톱은 조리 있는 언변으로 대변될 수도 있고, 반듯한 매너일 수도 있고, 자기가 맡은 분야를 능숙하게 수행하는 능력일 수도 있겠다. 또 각자의 역량에 맞추어 최선을 다하며 일하는 것도 자신의 발톱이 생존할 수 있는 긍정적인 공격이며 방어일 듯도 싶다. 그리 보면 세상은 모두 발톱을 중심으로 돌아간다고 말할 수 있겠다.

원하기는 나의 발톱은 긍정적인 공격과 자신의 수비가 균형을 맞춘 삶이었으면 좋겠다. 더 나아가 사전에 나온 발톱의 의미같이 '발가락을 보호하기 위해 그 끝에 덮여 있는 단단한 물질로만 존재'하며 주변을 부정적으로 공격하기 보다는 선인장의 가시같이 긍정적인 자신의 방비 정도로 유지됐으면 한다.

그리고 굳이 욕심을 더 부린다면 지혜로운 코끼리의 발톱 같았으면 좋겠다. 나약한 어린아이를 평화롭게 잠재우고, 마을 사람들을 도와 밀림 속의 무거운 나무들을 묵묵히 실어 나르는 코끼리의 발톱처럼, 이웃들을 위해 말없이 도움을 줄 수 있는 성숙되고 착한 발톱이었으면 좋겠다.

# 김치찌개

일상이 녹록치 않으면 김치찌개가 생각난다. 답답한 현실을 화
끈하게 뚫고 싶은 날에는 더욱 간절해진다. 뜨겁고 매운 김치찌개
에 빠져 한동안 땀을 흘리고 나면, 막혔던 영혼이 조금씩 열리는
것 같다. 아마도 김치찌개의 칼칼한 맛이 혀에서 가슴으로 이어지
며 혼을 깨우고 카타르시스 되기 때문일 것이다.

오늘은 찌뿌둥한 하늘 때문인지 왠지 하루가 무겁다. 이런 날은
신나는 음악 속에 영혼을 승화시킬 김치찌개를 만들어야겠다. 우
선 멸치와 다시마, 대파를 냄비에 넣고 걸쭉한 육수 물을 우려낸
다. 온몸을 도는 붉은 피 같은 육수는, 눈에 띄진 않지만 맛의
중심을 잡아줄 중요한 역할을 할 것이다. 다른 냄비에는 돼지 목
살과 김치를 담고 김치 국물 반 컵 정도를 더해 잠시 끓여 낸다.
팔팔한 김치의 숨을 죽이기 위한 것이다. 새롭게 태어나기 위해서
는 더 이상 김치이기만을 고집해서는 안 되기 때문이다. 이제 숨

죽은 김치와 돼지고기에 준비한 육수와 다진 마늘, 맛술을 넣고 한동안 끓이다 다시 두부와 대파를 얹어 살짝 익혀낸다.

하늘의 비와 땅의 지기로 길러진 배추와 고추와 마늘 그리고 바다가 품었던 소금과 멸치와 다시마가 합쳐져 숙성되고 발효되며 태어난 김치, 그것에 불기운을 더하려 하늘과 땅과 바다가 작은 냄비 안에서 만났다. 마치 소꿉장난하던 시절의 추억과 어머니의 사랑이 지금의 나와 양은 냄비 안에서 반갑게 만난 듯 말이다. 노을 빛 김치찌개에는 돌아가지 못할 어린 시절의 골목길들이 이리저리 이어져 있고 동네 꼬마들의 고무줄놀이가 출렁이는가 하면 점박이 바둑이가 반갑게 꼬리를 흔들고 있다. 어쩌면 좁은 냄비에서는 하늘과 비와 땅에 섞여 놀던 어릴 적 나와 지금의 내가 그간의 세월을 증발시키며 지글지글 끓여지고 있는지도 모른다.

드디어 오늘의 최고 작품인 '김치찌개'가 탄생됐다. 무럭무럭 김이 오르는 따뜻한 밥 위에 찌개 속의 김치 한 젓가락을 건져서 입에 넣는다. 혀에 착착 감기는 감칠맛이며 매콤하게 톡 쏘는 맛이 환상적이다. 잘 익은 김치찌개 하나에 열 반찬이 부럽지 않다. 이제 김치찌개가 밥도둑으로 변신하여 나의 혼을 온통 사로잡는다 해도 오늘 오후는 마냥 행복할 것이다.

식물성인 김치와 동물성인 돼지고기가 궁합을 맞춰 만들어진 얼큰한 김치찌개는 충동적이고 공격적인 동물적인 삶과, 주위 환경에 순응하며 있는 그대로를 수용하는 식물적인 삶이 골고루 내

포되어 있는 것 같다. 그래서인가, 김치찌개를 먹고 나면 왠지 북극곰 같은 기운이 불끈 솟고 알 수 없는 행복감에 젖어, 있는 그대로의 하루를 수용할 수 있을 것 같다.

김치찌개가 되기 위해 배추는 여섯 번이나 자신을 죽였다. 배추가 잘라지며 온전했던 몸이 반으로 나누어졌는가 하면, 소금에 절여지며 자신의 본질조차 변질되었다. 얼마 후 무와 젓갈이 삽입되며 배추는 완전히 속을 비워야 했고, 김치로 숙성되며 또 다시 변해야 했다. 그런가 하면 김치찌개로 변신하면서 김치의 속성조차 버려야 했고, 내 몸에 들어와 산화되며 더 이상 자신의 모습은 어디에도 찾을 수가 없다.

자기를 버릴 줄 알아야 다시 태어날 수 있는 것을 온전한 삶이라 했을까. 새롭게 태어나기 위해 그것은 자신의 속성을 몇 번이나 죽었을까. 작은 일에도 자기만을 고집하며 버릴 줄 모르는 나와 비교하면, 하찮은 김치찌개라도 예사롭지 않다. 어쩌면 김치찌개는 '자기'라는 존재 의식조차 모두 벗어내어 비울 줄 아는 해탈의 경지에 오른 것도 같다.

김치찌개를 맛보면 김치의 신맛 때문에 숨겨진 단맛이 대비되며 강조되는가 하면, 단맛이 있어 톡 쏘는 짠맛을 감춰 준다. 또 김치의 새콤함은 돼지고기의 느끼함을 없애줄 뿐 아니라 고소한 맛을 강조시키며 김치와 돼지고기가 뗄 수 없는 찰떡궁합을 이루게 한다.

생각해 보면 삶에서도 연약하지만 세심한 여자와 강하지만 대범한 남자가 공존함으로써 궁합을 이루는 것 같다. 서로 다른 생명체와의 섞임은 어쩌면 자연이 만든 가장 자연스럽고도 아름다운 조화일 듯싶다.

김치찌개는 삶을 닮았다. 까탈을 부리며 타오르는 불꽃 빛이며, 톡 쏘는 매콤함에 새콤달콤한 맛이 섞여 삶처럼 딱 잘라 정의 내리기가 힘들다. 그래서인가, 그것은 맵고, 달고, 시고, 짠, 혀가 감지할 수 있는 거의 모든 맛을 지니고 있다. 그것은 삶을 걸으며 느낄 수 있는 인생의 맛 같은 것이다.

김치찌개를 먹다보면 어느새 나는 그것과 하나가 되는 것 같다. 발갛게 익은 김치찌개처럼 온몸이 붉어지며 영혼까지 화끈해지는 것이다. 작은 냄비 안에 있던 그것이 내 몸에 들어와 내가 서서히 김치찌개로 채워지면, 나는 어느 새 그것으로 변해 가는지도 모른다. 다양한 삶을 품은 김치찌개같이, 복합적인 인생에 담긴 나도 당연히 그렇게 되어가는 것인 듯싶다.

삶이란 무엇일까. 짜고 매워 정신없고 힘들다고 온갖 푸념을 다 늘어놓지만 끝내 거기에서 헤쳐 나오지 못하는 것이 인생 아닌가. 혀끝이 얼얼할 정도로 맵고 자극적이지만 나름대로의 새콤달콤한 맛에 빠져 끝내 포기하지 못하는 김치찌개처럼, 삶도 그 맛에 탐닉되고 중독된 채 매순간 몰입하며 걸어가는 것 같다.

여러 가지 맛이 어울려 바글바글 익어야 김치찌개가 제 맛이 되듯, 삶도 세월 속에서 발효되고 숙성되어야 제격일 듯싶다. 여러 번 끓여 낼수록 맛이 깊어지는 김치찌개처럼, 인생도 뜨거운 시련으로 몇 번이고 지글지글 끓이다 보면 그 맛이 숙성되며 익어 가는 것은 아닐까.

삶이 편치 않을 때면 김치찌개가 먹고 싶어진다. 어쩌면 이길 수 없는 삶에 지쳐 그것을 닮은 김치찌개와 한바탕 싸움이라도 벌이고 싶은 마음에서인지도 모르겠다.

# 가시

꽁치를 먹다 가시에 걸렸다. 검푸른 등에 은백색인 꽁치는 나의 목에 짙은 표식을 남겼다. 가시와 살을 못 가릴 만큼 어설픈 내가 삶에서도 그렇게 헤맬까 봐 정신 줄을 바로 잡아주려 이정표를 세운 것이다. 그것은 주제를 파악 못하고 생의 향방을 잃은 채 갈팡질팡하는 내게 삶의 이정표를 바로 세우라는 경고를 하고 있는지도 모른다.

시계의 초침같이 얇고 가는 꽁치의 가시는 언젠가부터 목에서 초침으로 변한 듯싶다. 초침이 된 가시는 얇고 보잘것없지만 순간들을 모아 '분'을 만들고 '시간'을 만들었다. 덧없이 흐르는 순간들을 모아 셀 수 없는 세월을 만드는 것이 초침 아니던가. 시계의 초침이 째깍째깍 소리를 내듯 가시는 매순간 예민한 나의 신경을 찔러대며 한 시간을 만들고, 하루를 만들다, 결국 몇 번의 하루를 만들었다.

삶이 순환되는 작은 바다의 입구 같던 내 목은, 자유자재이던 꽁치의 영혼을 가둔 죄로 통증을 느끼며 괴로워하고 있다. 창창한 바다를 가로지르던 꽁치의 부드러운 유영이 자유를 잃고서 내 목에 감금되어 있기 때문이다. 그것은 자연의 흐름을 거스르면서 겪게 되는 생명체의 고통 같은 것인지도 모른다.

밥을 씹지 않고 덩어리째 꿀꺽 삼켜도 보고, 스무디 속의 커다란 보바를 숨을 멈춘 채 넘겨도 보았다. 하지만 가시는 날을 세운 채 꼼짝도 하지 않았다. 며칠이 지난 늦은 저녁 뜨뜻한 칼국수를 무심히 먹고 나서야 비로소 곤두선 가시가 누그러지며 사라지는 것 같았다.

가시 때문에 목이 따끔거리는 것은 어쩌면 내가 살아 있다는 증거일 것도 같다. 심한 통증은 그것만큼 열정적으로 살아 있다는 뜻일 것이다. 살을 에우는 인생의 통증도, 삶을 그만큼 사랑하고 몰두해 있기 때문에 생기는 일일 터이다. 어쩌면 삶의 통증과 인생의 열정은 한 가지에 열린 같은 열매일지도 모른다.

가시는 몸길이가 40㎝ 정도인 가늘고 긴 꽁치의 몸을 떠받쳐주는 중요한 뼈대 역할을 한다. 푸른 바다 속 꽁치의 삶이 숙성될수록 가시는 더욱 단단해졌으리라. 하지만 그것은 다른 것에 비해 작고 얇은 편이어서 눈에 쉽게 띄지 않는다. 어쩌면 가시는 꽁치의 가슴속에서 은밀히 만들어지는 사리 같은 것인지도 모른다.

꽁치는 공치가 된소리로 변하며 생겨났다. 정약용의 어원 연구

서 '아언각비'에 의하면 꽁치는 원래 '공치'라 불렀다. 아가미 근처
에 침을 놓은 듯한 구멍 때문이다. 어쩌면 아가미 근처에 둥근
구멍을 소유한 공치는 쉬지 않고 변하는 푸른 바다 속에서 공(空)
의 이치를 터득했는지도 모른다. 그러기에 꽁치는 난류와 한류가
교차하는 지역에서 따뜻함과 차가움을 한 경계로 보았다, 다시
그것들의 차별을 터득하며 삼라만상이 그 자체 그대로임을 깨우
쳐 사리로 굳어졌을 것도 같다.

　며칠 동안 목에 머물던 가시는, 내가 무엇을 취할 때는 찬찬히
가려 먹어야 한다는 것을 가르쳐주었다. 꽁치의 뱃속같이 복잡한
삶이라고 살과 가시를 구분 못하고 조심성 없이 마구 삼켰다가는
날카로운 가시에 걸려 통증과 상처로 힘들어진다는 것이다. 그것
은 거친 삶에서도 내가 먹을 수 있는 '살'과 취해서는 안 되는 '가
시'를 각별히 분별해야 함을 지적해 주는 것 같다. 내 맑은 영혼의
눈이 분수에 맞지 않는 욕심에 가려져, 삼켜서는 안 되는 것을
취하게 되면 그것 역시 예민한 삶의 가시에 걸려 인생을 힘든 고
뇌로 채운다는 것이다. 가시는 나를 아프게 자극함으로써 뼈아픈
가르침을 주었다. 꽁치의 사리로 변한 가시가, 내 가슴속에서도
지워지지 않는 사리로 남았으면 좋겠다.

　가시는 장미에게만 있는 줄 알았다. 장미의 가시는 줄기의 표피
세포들이 변해 끝이 날카로운 구조로 변한 것이다. 그것은 해충이
밑에서부터 올라오며 꽃에 피해를 입히는 것을 막고, 초식동물이

장미를 갉아먹는 것을 방지한다. 그런가 하면 넝쿨 장미의 가시는 다른 나무를 휘감으며 뻗어갈 때 갈고리 역할을 한다. 장미의 가시는 고혹적인 자태와 향을 보호하려는 일종의 자기방어 수단이며 때로는 용감한 삶의 도전이라고 할 수 있다.

그리 보면 가시가 나쁘기만 한 것은 아닌 것 같다. 어쩌면 그것을 두려워하고 없어지기를 바라기보다는 삶 속에 가시가 있음을 감사해야 할지도 모르겠다. 인생의 모든 가시에는 나름대로의 의미가 있기 때문이다.

둘러보면 삶의 도처에는 가시가 산재되어 있는 듯싶다. 영혼을 따갑게 찌르는 불평이나, 부드러운 세상의 흐름에 제동을 거는 것들이 삶의 가시들일 것이다. 하지만 놀랍게도 그것들이 만든 통증은 인생의 의미를 다시 한 번 사유케 하고, 그 고통 속에서 삶은 교만하지 않게 숙성되고 발효되는 것 같다.

잊을 만하면 생겨나는 인생의 가시들은 흐트러진 자신이 세상의 험한 물결에 휩쓸려가지 않도록 중심을 잡아주며 버티게 하는 삶의 등에 얹힌 봇짐 같은 것일 듯도 싶다. 영혼을 따끔거리게 찌르는 기시기, 지기를 성찰하고 점검하게 해 혼을 바로 세워주기 때문이다. 긍정적인 눈으로 보면 삶의 가시는 혀에 쓰지만 몸에 좋은 보약 같은 것이라고 하리라. 그러기에 감당할 만한 인생의 가시는 일상에 꼭 필요한 것인지도 모르겠다. 평범함에 감사하고 자신이 가진 것에 만족할 수 있는 겸허함과 담백함은, 때때로 삶

의 작은 가시에서 자극받고 그 통증을 견뎌내며 자라나기 때문이
다.

# 콩나물

콩나물국이 먹고 싶어진다. 감기만 걸리면 왠지 뜨뜻한 아랫목이 생각나고 어머니가 해주던 하얀 밥과 따뜻한 콩나물국 생각이 간절해진다. 몸과 영혼이 불편해지면 가슴에 어릴 적 콩나물 음표들이 살아나는지, 어린 시절의 기억들이 하나 둘 고개를 든다. 온 몸이 삶의 통증으로 차오르면 옛 시절이 더욱 생각나는 것은 조금씩 모인 콩나물 소리표들이 어린 시절의 무지갯빛 추억을 그리움으로 노래하기 때문일 것이다.

외사촌 언니가 시집가는 날이다. 보름달같이 환한 얼굴에 예쁜 연지 곤지를 붙였다. 하늘빛 저고리에 타오르는 해 같이 빨간 치마를 입은 새색시는 원삼 족두리를 새초롬히 머리에 얹었다. 무지갯빛으로 공작이 활짝 날개를 펼친 듯, 곱게 단장한 언니가 꽃가마를 타고 시집을 간다. 동네를 한 바퀴를 돌아 삼촌집 앞마당에 가마가 서자 수줍은 꽃 색시가 마당으로 내려선다.

넓따란 가마니 위에는 노랗고 탐스러운 콩나물이 산처럼 쌓였다. 혼례에 쓰려고 시루 가득 정성들여 키운 쥐눈이콩들이다. 동네 어른이 조랑말에서 내린 형부에게 긴 장작개비로 콩나물을 집어준다. 푸른 사모관대로 단장하고 목화를 신은 새신랑이 큰 젓갈의 콩나물을 넙죽 받아먹는다.

옛 선현들은 콩깍지 두 쪽을 남자와 여자의 어우러진 음과 양의 도(道)로 생각했고 콩나물은 결합된 일심(一心)의 상징으로 여겼다. 맑은 물만 먹고 위로 치솟으며 자란 높은음자리표 모양의 콩나물은 힘찬 희망의 징표였으리라. 하트 모양의 불끈 솟은 머리에서 흘러내린 뿌리까지 콩나물에는 깊은 의미가 숨은 듯하다. 그것의 긴 줄기같이 부부의 연(緣)과 명(命)이 길게 이어지라는 기원의 의미가 담긴 콩나물. 맹물만 주어도 시루가 빽빽이 들어찰 만큼 왕성해지는 콩나물에는 어쩌면 자손 번창의 의미도 있을 듯싶다. 또 한 지붕 아래의 온 가족이 머리부터 발끝까지 막힘없이 정직하게 소통하라는 뜻도 있을 것 같다. 콩깍지가 눈에 씌어 사랑에 빠진 부부는 마땅히 인생의 첫날인 혼례식 날 청정한 콩나물로 영혼을 순화시켜야 했을지도 모른다.

악보의 음표를 닮은 콩나물에는 삶의 노래가 담겨있다. 슬플 때나 기쁜 날이나 높고 낮은 콩나물의 음표들은 민초들 가슴마다에서 넘치는 삶의 가락이며 영혼의 노래이다. 그래서인가, 콩나물은 대중 음식으로 사랑받아 매 밥상 때마다 빠짐없이 등장한다.

하루에도 몇 번씩 부어지는 맑은 물에 욕심을 비우고 청정하게 사는 콩나물과 물욕을 모두 거두고 순박하게 사는 민초들과는 왠지 공통점이 많은 것 같다.

냄비에 깨끗이 씻은 콩나물과 찬물을 넣고 뚜껑을 덮어 삶는다. 익은 콩 냄새가 확인되면 채에다 받친 후 고명을 얹는다. 파와 마늘 소금과 깨소금 등의 양념을 넣고 골고루 버무린다. 어쩌면 인생도 이 콩나물 같지 않을까. 설지 않고 잘 익히려면 콩나물을 만들 듯, 때가 될 때까지 참고 기다려야하며 적절한 순간에 양념도 골고루 칠 줄 알아야 맛난 인생을 완성시킬 수 있는 것 같다.

콩나물을 삶을 때는 중간에 뚜껑을 열어보는 것은 금물이다. 콩나물이 푹 익을 동안 냄비 뚜껑을 슬쩍 열어보면 까다로운 콩나물은 온통 비린내를 뿜어대기 때문이다. 수도승 같은 콩나물이 도를 완전히 이루기 전 섣불리 세상을 만났다가는 선무당 같은 설익은 비린내만 풍길 뿐 순수한 콩나물 맛을 내지 못한다.

어린 시절 방학이면 시골에 사는 외삼촌 집으로 달려가곤 했다. 마을로 들어서는 긴 동구 길에 황토 흙냄새가 좋았고 저녁녘이면 집집마다 굴뚝에서 오르는 흰 연기두 아름다웠다. 다정한 어미소가 '음~메' 하며 밥 때를 알리면 호들갑스러운 닭들의 꼬꼬댁 소리도 흥미로웠다. 안방에 들어서자 아랫목에는 커다란 시루가 음전하게 자리를 잡고 있었다. 콩나물이 될 쥐눈이콩들이 시루에 얹힌 채 성스러운 검은 천에 덮여 있는 것이다. 오염될지도 모르는 주변에 깊은 예방이라도 하듯, 콩나물시루는 삿되고 불량한 것들을 경계하고 있었다.

콩나물은 아무리 자주 물을 주어도 자신이 필요로 한 이상의 수액을 욕심내어 잡으려 하지 않는다. 필요한 만큼만 흡수하고 나머지는 자연으로 돌려보낸다. 심지 굳은 속내로 자신을 청정하게 보존하며, 이웃 콩들을 시샘하거나 해하지 않고 정답게 공존한다. 검은 시루가 하루에 몇 번이고 불평 없이 물을 받아들이듯, 콩나물도 숙성될 때까지 물과 세월을 묵묵히 받아들이는 것이다.

부지런한 숙모는 기르는 콩나물이 어린 아기라도 되는 양 하루에 몇 번이고 정성껏 물을 주었다. 콩나물은 먹이를 먹을 때마다 오줌을 누듯 물을 시루 아래로 좔좔 흘려보낸다. 콩나물을 기르며 하루에 몇 차례씩 물을 주는 것은, 성장을 위한 수분공급 뿐 아니라 호흡작용에서 발생하는 열을 식혀주는 냉각제 역할도 하기 때문이다.

생각해 보면 내가 성장하는데도 어머니는 콩나물시루에 물을 주듯 정성껏 사랑을 부었을 것이다. 콩나물이 자기 중량의 몇 백 배 물을 받아야 성장할 수 있듯, 어머니 역시 내 중량의 몇 백 배 관심으로 나를 자라게 했으리라. 한때는 어머니 가슴속의 커다란 시루에서 따뜻이 보호받으며 정성껏 수액을 공급받았던 나. 시루를 나가기 전 빛을 보면 변색하는 콩나물같이, 성인이 되기 전 삿된 것을 만났다면 영혼이 변색되고 제빛을 잃을 뻔했다. 이

만큼 별 탈 없이 성장할 수 있는 것도 모든 정성을 부어주신 어머니의 사랑이 아니었을까. 어머니는 아무리 주어도 콩나물시루같이 고이는 법이 없는 사랑을, 밑 빠진 독에 물 붓듯 하셨을 것이다.

콩나물 뿌리에는 알코올을 자연 분해하는 아스파라긴산의 함량이 많아, 술을 마신 후 쓰린 속을 풀어주거나 육신의 피로를 풀어주는 효과가 있다고 한다. 삶에 지쳐 몸이 무겁거나 뼈와 근육이 아플 때, 뭉친 인생의 독소로 영혼이 힘들어질 때 어머니같이 따뜻하게 위로해주는 콩나물. 그래서인가, 메마른 삶에서 갈증을 느낄 때면 나는 콩나물국에 밥을 말아 먹는다. 어쩌면 메마른 영혼의 악보를 여유롭게 채워줄 만한 넉넉하고도 푸근한 콩나물 음표들을 먹는 것인지도 모른다. 뜨겁고 시원한 국물로 한껏 땀을 흘리고 나면, 온몸의 피로와 스트레스도 같이 날아갔는지 가뿐해진다. 그리 보면 힘겨운 삶을 버틸 수 있는 것은 순수한 신토불이 콩나물국의 힘일지도 모르겠다. 그것은 시린 삶을 덮혀 따뜻이 감싸주며 엉킨 몸과 영혼을 가지런히 정리해 준다. 복잡한 세파에 시달려 온 세상이 힘들기만 할 때, 따스한 콩나물국 한 그릇은 모든 시름을 씻어 주는 청정 정화제이기 때문이다.

# 컴퓨터

컴퓨터를 열었다. 뒤쪽에 연결된 부위를 카메라로 찍어두고 이어진 선 하나하나를 조심스럽게 분리시켰다. 컴퓨터가 병원에 가야 하기 때문이다. 컴퓨터는 가운데 스크린과 함께 인쇄도 하며 자기의 일을 꾸벅꾸벅 잘하고 있지만 메일함이 잠겨서 열 수가 없는 것이다.

자동으로 열리어 내 집같이 드나든 우편함이 잠에서 깨어나니 모두 닫혀 버렸다. 밤새 바이러스라는 좀도둑이 메일함의 메모리를 몽땅 지워 놓은 것이다. 자기 전 주의 깊게 꺼놓은 컴퓨터였지만 기어코 일이 생기고 말았다.

교만한 컴퓨터의 명령대로 아이디를 넣고 비밀번호를 입력시켰다. 하지만 컴퓨터란 놈이 요구하는 몇 가지 답이 자기가 원하는 것이 아니라며 일방적으로 문을 차단한다. 더 이상 내가 아니라며 나의 존재를 통째로 부정하는 것이다.

정체성을 거세당한 나는 흐르는 피라도 보여주며 살아있는 나의 존재를 증명하고 싶었다. 아니, 나의 정체성을 총괄한 운전면허증이라도 내보이며 확인받고 싶었다. 아니면 우편함 관리자를 찾아가 내가 나임을 확인시켜 주며 억울하고 속상하다고 호소라도 하고 싶었다.

십 년이 넘게 잘 써오던 우편함이 졸지에 공중분해 될 판이다. 나와 연결된 보이지 않는 사회가 폐쇄되며 끊어지려 한다. 갑자기 현실에서 실종되어 미아가 된 것 같은 느낌이다.

내 영혼의 유골함 같은 컴퓨터를 싸안고 수리가게에 들렀다. 수리공은 더 이상의 바이러스 방지를 위해 기본 판을 모두 바꾸자고 제안한다. 열린 컴퓨터의 내부는 몇 덩어리의 커다란 장기 사이로 붉고 푸른 정맥과 동맥 그리고 실핏줄 같은 수많은 회로로 연결되어 있다. 엉킨 신경 다발같이 난해하기만 한 경로들이다. 그놈의 내장은 복잡한 세상일을 다루어선지 무척이나 복잡하고 혼란스럽다. 녀석은 너무도 예민하여 작은 혈관 하나만 막히고 끊겨도 중요 부분과의 연결이 두절되어 기력을 잃을 것이다.

파워 서플라이 뒤쪽으로는 뱀이 똬리를 틀 듯 굵은 줄이 둘둘 감겨져 있었다. 녀석은 온갖 지식을 가슴에 담고 굳게 입을 다문 채 쓰임을 기다리고 있다. 어쩌면 말없이 똬리를 틀며 긴 시간 동안 내공을 쌓고 있는지도 모른다.

컴퓨터 내부를 찬찬히 들여다본다. 내장 한편으로 쿨링팬이 달려있다. 온갖 세상 일이 다 들어와 뱃속을 휘젓고 덥히니, 어떤 삶의 뜨거움에서도 화상을 입지 않도록 하기 위함일 것이다. 아니면 시도 때도 없이 다가서는 예상 못할 인생의 열기에 타들어가지 않도록 미연에 방지하는 것인지도 모른다.

숙련된 수리공의 익숙한 손놀림으로 오랫동안 쓰지 않던 다른 우편함을 겨우 열었다. 그리고는 문제의 우편함 인증번호를 얻어 냈다. 잠시 후 문제였던 우편함 비밀번호를 바꾸어 입력하자 녀석은 그제서야 가슴을 열었다.

컴퓨터에는 따뜻한 피가 흐르지 않는다. 안하무인인 그 놈은 푸근하고 순박한 사람 냄새 나는 인간 위에 도도하게 군림하는 것 같다. 그것이 지배하는 편하고 빠른 세상 뒤에서 소박한 나의 실체는 숨 막힌 채 죽어가는 것 같다. 문명이 앞설수록 뒤처지고 냉대 받는 속수무책의 수많은 나들.

가만히 있으면 컴퓨터에서는 작은 벌집 소리가 난다. 어찌 보면 컴퓨터는 벌집인지도 모른다. 벌이 꿀을 수집하듯, 놈이 삶의 여기저기에서 구해온 온갖 정보의 꿀들을 저장하여 필요한 여러 사람에게 공급을 하니 벌집이 아니고 무엇이겠는가.

아침 눈 뜰 때부터 잠들기 전까지 컴퓨터와 함께 동거 동락하다 보니 어느새 나는 컴퓨터가 된 듯싶다. 생각해 보면 나에게도 컴퓨터가 가진 입력 · 제어 · 기억 · 연산 · 출력의 능력이 모두 존재하는 것 같다. 짜고 매운 삶의 맛을 감내하며 얻어낸 경험들이 기억에 저장되었다 그것을 바탕으로 삶이 연산되고 출력되지 않는가.

두뇌 구조가 머릿속 구조같이 예민하고 치밀한 컴퓨터와 나. 어느새 나는 컴퓨터로 변신한다. 책상 위에 고정된 컴퓨터와는 달리 나는 '움직이는 컴퓨터'가 된다.

거리는 수많은 '움직이는 컴퓨터'로 가득 찼다. 거친 삶속에 악성 바이러스에 먹혀 인생이 얼어붙은 컴퓨터가 있는가 하면, 오래전에 입력된 정보만을 고리타분하게 고집해 새로운 영혼으로 교체해야 하는 것도 있다. 어느 컴퓨터는 중앙처리장치인 CPU의 제어 기능만이 존재해 자기 내부 프로그램의 명령만을 해석하여 감독, 통제하느라 다른 삶과 타협하지 않는 것들도 있다. 어떤 컴퓨터는 CPU의 기능이 상실됐는지 가장 핵심적인 자동성이 아예 작동되지 않는 것도 있다. 또 어떤 컴퓨터는 입력 장치로 읽어들인 고마운 경험을 기억하는 RAM이 파괴되어, 절체절명의 순간 가까운 이를 치명적으로 배신하는 움직이는 컴퓨터도 있다. 그런가 하면 최신식으로 업그레이드 돼 신선하게 삶을 구현해 나가는 컴퓨터도 있다.

그렇다면 나는 과연 어떤 컴퓨터일까? 하나의 업무를 처리하기 위해서는 입력·제어·기억·연산·출력의 다섯 장치가 고루 연결돼 종합적으로 기능을 수행하는 바람직한 컴퓨터일까. 자신의 프로그램 명령만을 강조한 나머지 그것을 감독하느라 주변과는 문조차 못 여는 소통 불능의 컴퓨터는 아닐까. 아니면 입력된 기억만을 강조하며 딱딱하게 앉아 누구하고도 타협하지 않으려는 그런 것일 수도 있으리라.

컴퓨터가 낡으면 기능이 노화되고 신진대사가 느려져 폐기 처분해야 한다. 하지만 아직 기능이 가능한 컴퓨터가 사고를 당하면 쓸 만한 부품들을 꺼내 다른 컴퓨터로 대체시킨다. 다른 컴퓨터에게 간을 이식하기도 하고 심장을 옮기기도 하며 삶이 폐기처분될 때까지 그 기능을 또 다른 컴퓨터에서 수행하는 것이다.

삶을 만드는 '움직이는 컴퓨터'도 필요할 때는 부품을 바꿔 끼워 개선해야 될지도 모르겠다. 참을성이 없는 컴퓨터에는 '인내'라는 부품을 다시 입력해 넣고, 강박관념에 싸인 컴퓨터는 경직된 그것 대신 여유라는 프로그램을 새롭게 깔아 교체시켜 주는 것이다. 컴퓨터의 본체가 튼튼하다면, 필요한 부품들을 부지런히 교체하며 업그레이드시키다 보면 언젠가는 완벽에 가까운 컴퓨터가 될 것이다. 부단히 노력한 삶의 컴퓨터는 새로운 영혼의 주입으로, 게으르고 낙후된 것에 비해 그 기능이 훨씬 진보될 것이다.

새 세대인 오 세대 컴퓨터의 대표적인 관심 분야는 인공지능으로 보고, 듣고, 말하고, 생각하는 능력을 가진 지능형 컴퓨터로 자동화가 특징이다. 컴퓨터가 나와 같이 생각하는 능력과 독립적인 판단까지 내리는 하나의 인조인간으로 탄생된다는 것이다. 어쩌면 컴퓨터 그놈이 발전하면 할수록 나의 능력은 그것과 비교되며 어떤 면에서는 경쟁의 대상이 될지도 모르겠다. 그러다 그것의 끊임없는 노력으로 그 성능이 눈부시게 향상되면 그놈은 내 위에 군림할 것이고, 나는 마침내 녀석의 노예가 될지도 모른다.

컴퓨터도 하나의 생명체로 탄생하려고 몸부림치는 이 시대에, 순수한 영혼을 지닌 생명체인 나는, 부족한 품격의 부품들을 파격적으로 교체해야 할지도 모르겠다. 성숙된 감성과 치밀한 이성 수치와 정확한 판단력으로 다시 태어나는 것이다. 혼과 생명을 가진 '움직이는 컴퓨터'가 따뜻하고도 성숙된 가슴의 감성을 품고서 최신식으로 업그레이드된다면, 삶은 또 하나의 신선한 충격으로 다가설 것이다.

# 빙수

흰 눈꽃들이 활짝 피어났다. 눈꽃들이 만발한 산머리에는 신기한 붉은 빛 열매들이 맺혀 있고 그 사이로 두 개의 하얀 알이 탐스럽게 놓여있다. 산의 한 모퉁이를 잘라 살짝 입에 넣는다. 달착지근한 눈꽃들이 순식간에 입 안에서 사르르 녹는다. 순간, 혀끝에서 마술이 일어났다. 눈꽃 송이들을 한 숟가락씩 입에 넣을 때마다 나이가 듬뿍듬뿍 줄어드는 것이다. 그리하여 그것들이 거의 사라질 즈음 어느새 나는 작은 아이로 변해버렸다. 달콤한 얼음사탕의 파편과 함께 쌓였던 세월들이 뭉텅뭉텅 잘려 나간 듯싶다.

유난히 빙수를 즐기던 K스님이다. 입 안에서 스르르 녹는 빙수의 차고 달달한 맛에서 화두를 찾던 스님은 차가운 눈꽃 빙수에서 설산의 수행을 발견했나보다. 어쩌면 스님은 혀끝에서 감지한 달달한 맛과 차가운 맛에서 자신의 부처를 찾고 있는지도 모른다.

찬 맛과 단맛의 작은 강들은 온갖 맛을 수용하는 마음 바다에서 합쳐지고, 그것이 생각의 매 순간마다 출렁인다는 것을 깨달은 스님은, 마음이 시작된 곳을 찾으려 선정에 들었을 것이다. 싸늘하고도 달달한 설산에 매료된 스님은 작은 얼음산을 통해 니르바나를 이루려했는지도 모른다. 차안[此岸]의 세계에서 번뇌의 불을 끄고 지혜를 완성하여 피안[彼岸]의 세계로 들어간다는 니르바나. 어쩌면 스님은 세상에서 제일 좋아하는 빙수를 먹는 찰나, 이미 이승에서 열반의 극치인 열반경에 드신 듯하다.

눈꽃 빙수 집에 들어선다. 여름 날씨에 겨울눈을 먹어 타들어가는 열기를 찬 눈으로 식히려는 것이다. 몽환처럼 아련한 유리방 안에서 시간이 지나면 꿈같이 사라질 눈꽃 빙수를 바라본다. 놋그릇에 하얀 고봉밥처럼 동그랗게 쌓아 올려진 눈꽃 빙수가 탁자 위에서 함박웃음을 짓고 있다. 가득 담긴 눈꽃들 위에는 가마솥에서 갓 삶아낸 듯 걸쭉한 단팥죽과 소박한 인절미 두 개가 첫선을 보이듯 수줍게 올라앉았다. 그릇 하나에 가득 담긴 육각형 눈의 결정체들은 아름답다 못해 신비하기까지 하다. 그 속에는 어린 시절이 파닥거리고 아기자기한 동화가 꿈틀댄다.

하나의 산소와 두 개의 수소로 이루어진 물 분자. 두 수소분자가 120°의 각도를 이루며 산소와 만든 신비한 육각형의 눈꽃들은 가장 안정된 눈꽃의 형태이리라. 자세히 들여다보면 눈꽃들은 사람들의 얼굴처럼 제각기 다르다. 반짝이는 별 모양이기도 하고 부챗살을 펼쳐놓은 듯도 싶고 긴 기둥을 세운 것 같기도 하다.

그것들의 결정체가 다양한 것은 구름에서 태어나 땅으로 떨어지기까지의 삶의 여정이 각각 다르기 때문이다. 공중으로 올라간 수증기의 삶도 세상살이에서 겪는 사람의 인생 여정처럼 제각기 다른가 보다. 서로 다른 인생 여정으로 얼이 들어오고 나가는 굴인 얼굴이 달라진 눈꽃들, 그것은 세상살이에서 만나는 삶의 얼굴들과 같다.

언젠가 지리산 끝자락에서 K스님의 토굴을 방문했을 때였다. 스님은 일행을 기쁘게 맞으려는 듯, 맑은 산속의 청정 눈을 커다란 대접에 가득 퍼왔다. 그리고 그 위에 빨간 홍시와 호두, 밤들을 소담스레 얹고 꿀과 미숫가루를 섞어 깜짝 빙수를 만들었다. 빙수를 사랑하는 스님만이 만들 수 있는 기발한 별식이었다. 떨리는 추위 속에 달콤한 눈꽃들을 먹던 기억은, 지금도 가슴속 흰 눈 위에 지워지지 않는 발자국으로 남아있다. 잊을 수 없는 이냉치냉(以冷治冷)이었다. 어쩌면 그곳에서 춥고 고독하지만 순수한 눈꽃 같은 스님의 삶을, 추운 겨울 차가운 빙수를 먹으며 온 몸으로 실감했는지도 모른다.

손과 손을 잡은 실강이 청빛 바다로 합쳐지고 그곳에서 증발된 수증기가 흰 구름으로 변하며 비를 낳고 흰 눈꽃들을 피우며 대지에 떨어진다 하였던가. 하늘에 오르기도 했다가 땅에 나투기도 하며 온 천하를 돌고 도는 눈꽃들의 변신. 그리 보면 눈꽃빙수에는 봄볕을 달리는 시냇물이 흐르고 한 여름 장대비와 가을의 청잣빛 바다가 넘실거리는가 하면 반가운 첫눈이 춤을 춘다. 그릇 안의 작은 빙수에는 온갖 자연의 삶들이 살아 숨 쉬고 있는 것이다.

눈꽃 빙수를 먹으며 그것에 얹힌 것들의 의미를 음미해 본다. 빙수 위에 얹은 쫄깃한 찹쌀 인절미는 쌉싸름하면서도 고소하고 부드럽다. 찹쌀은 맛이 달고 따뜻해 신경을 안정시키고 비위를 편안케 하며 해독작용을 한다. 냉정하고도 차가운 삶이지만 찹쌀 인절미는 따뜻하고 편안함을 주어 주변의 오염까지 해독시켜 준다.

수저를 옮겨 붉은 단팥죽 한 숟갈을 입에 넣는다. 가마 위의 새색시같이 빙수 위에 곱게 얹힌 팥은, 옛 부터 잡귀를 쫓아 재앙을 면할 수 있다고 여겼다. 그것의 붉은색에는 사악한 기운을 물리치는 힘이 있다고 믿었기 때문이다. 팥에는 삿된 기운을 물리치고 청정하고자 하는 삶의 염원이 숨어있다. 단팥죽에는 일상의 무탈함을 기원하는 생의 기도가 깃들어 있다.

수저를 파헤치자 알래스카의 빙하가 셀 수 없이 부서져 만든 얼음 가루들이 작은 산을 이루며 오목한 놋그릇에 가득 차있다. 파삭파삭 솟아 오른 작은 빙하들, 이제 알래스카의 시원한 빙하가 한 숟가락씩 내 배로 들어오면 어느덧 나의 내부는 빙하로 가득 찬 남극 바다가 될 것이다. 만년설로 덮인 남극 바다는 삶의 열기로 온몸이 끓어오른 작은 우주를 서서히 진정시켜 주리라. 창자 끝을 지나 영혼의 깊은 곳까지 서늘해지면 적도처럼 찌고 답답한 인생의 열기 정도는 상쾌히 정리할 것이다.

빙수 값이 설렁탕 값과 거의 같지만 심각한 삶의 열을 무마시켜 줄 수 있다면 어쩌면 그것은 그만큼의 가치가 있을지도 모르겠다. 내 삶을 끓게 한 열기에는 빙수의 냉기가 절실히 요구되기 때문이다.

빙수에 탐닉하다 보면 문득 그것과 같은 인생을 살고 싶어진다. 얼음처럼 냉정한 인생살이지만, 삶이 지루하지 않게 달달하고 부드러운 것을 그 위에 얹어 인생을 병들게 할 잡귀도 쫓아내며 따뜻한 가슴으로 열병 든 세상을 진정시켜 식혀주고 싶다.

매력적인 차가움에 달콤함을 섞어 멋지게 삶을 카타르시스 시킨 빙수, 그 것처럼 시원함으로 삶을 정화시키고 작은 활력소까지 센스있게 얹은 그런 인생을 꿈꾸어 본다.

눈꽃 빙수를 먹는다. 그것 위에 얹힌 것들의 의미를 다시 한번 음미한다. 빙수 위에 얹은 쫄깃한 찹쌀 인절미는 쌉싸름하면서도 고소하고 쫄깃하면서도 부드럽다. 찹쌀은 맛이 달고 따뜻해 신경을 안정시키고 비위를 편안케 하며 해독작용을 한다. 냉정하고도 차가운 삶이지만 따뜻하고 편안함을 주는 찹쌀 인절미는 가슴으로 사노라면 편안한 영혼은 주변의 오염조차 해독할 수 있음을 둥근 인절미는 말해주는 듯싶다.

# 계단

뒷마당 출입구를 개조하기로 했다. 소코를 꿰뚫는 코뚜레같이 앞문과 뒷문이 마주 뚫린 복도는 겨울철 맞바람이 불면 몹시 추웠다. 게다가 뒤뜰 주차장을 넓히려 쓸모없이 큰 옛 계단을 없애자 입구를 집 안 다른 쪽으로 옮기지 않으면 안 되었다.

힘센 파괴용 망치가 스타코 벽을 집중적으로 가격한다. 멀쩡하던 벽은 갑자기 들이닥친 거센 힘에 비명 소리를 지르며 비틀거린다. 치명적인 공격이 더해지자 벽은 구멍이라는 허점을 시작으로 무너지기 시작한다. 서로의 손을 미처 놓지 못한 채 쓰러지는 애틋한 벽 속의 철망들, 혈연처럼 엮여진 그것들을 뻥 뚫린 구멍 사이로 가차 없이 끊어낸다.

꼿꼿하던 스타코의 방어막이 부서지자 담 벽에는 웅덩이 같은 큰 홀이 생겨났다. 울타리 벽은 자신의 모든 것을 내려놓다 못해 마지막 지켜야 할 자존심마저 크게 구멍이 난 듯싶다.

전기톱이 요란한 소리를 내며 벽을 사각형으로 오려내기 시작한다. 문이 들어갈 공간을 만드는 것이다. 파괴는 창조의 어머니라고 했던가. 형체조차 알 수 없이 부서진 그곳에 또 다른 창작의 신화가 발 빠르게 진행된다.

뜯어낸 벽 안쪽에는 복도 끝이 닿아 있다. 작은 계단을 만들기 위해 복도 가장자리에 잠든 마루를 조심스레 뜯어낸다. 집의 기초 바닥과 마루 사이가 크게 벌어져 있어 다리를 한껏 들어 올려도 복도에 발을 올려놓기가 어렵기 때문이다.

바르게 만든 두 개의 계단 위에 사각형 타일이 정교하게 올라앉는다. 표면이 까칠해 미끄러지지 않게 다듬어진, 제법 실속 있는 타일 계단이다. "계-단", 계급이 다른 단, 어쩌면 아래와 위의 층계는 각각 다른 위치에 존재하기에 갑과 을과 같은 관계로 구별되는지도 모른다. 아래가 있음으로 위가 생겼고, 위로 올라가기 위해서는 아래 계단이 필요하다. 생각해 보면 둘은 적대 관계가 아니라 서로가 서로에게 필요한 상호공생 관계일 듯도 싶다.

계단은 설치거나 나서지 않는다. 그냥 그곳에서 장승처럼 침묵을 지키며 존재할 뿐이다. 누군가가 머리를 밟고 지날 때마다, 김소월 시인의 진달래꽃처럼 묵묵히 자신을 내어 줄 뿐이다. 세상이 디디고 지날 수 있게 언제나 온몸을 조아리고 있는 겸손한 계단, 늦은 저녁 피곤한 영혼들이 보금자리로 들어서면 그것은 환하게 피어나는 진달래 꽃처럼 고달프고 힘든 하루를 반갑게 맞아

줄 것이다. 진달래 꽃의 꽃말처럼 충계는 사랑의 기쁨을 묵언으로 실천하는 듯싶다.

포기하지 않고 한 계단씩 오르면 마침내 목적한 곳에 닿을 수 있는 계단에서 차근차근 노력하며 인내하는 삶을 배운다. 입구를 꿋꿋이 지키며 묵언 수행하고 있는 계단에는, 여유가 있어야 보이는 정(靜)과 동(動)이 숨어있다.

계단을 오른다. 삶이라는 계단을 조심스레 올라간다. 돌아보면 사람들의 가슴속에는 제각기 다른 인생의 계단이 있는 것 같다. 하루 종일 뼈아픈 노동을 치르지만 가족들 부양으로 자신의 틀니 하나를 못 끼어 넣는 목수 김 씨의 안타까운 계단이 있는가 하면, 오른쪽 엄지손가락이 없는 호세가 하청업자에게 줄 하루 일당으로 몸부림치는 애타는 계단도 있다. 다세대 유닛의 주차장을 넓히기 위해 한 치의 땅이라도 늘리려 발버둥치는 내 인생의 계단, 그런가하면 소란한 음악 없이는 일이 손에 잡히지 않는 미겔의 갸우뚱한 계단도 있다. 어쩌면 삶은 자신의 빛깔로 칠해진 자기만의 계단을 힘들게 오르다 그 충계를 내려오며 자신의 인생을 반추해 보는 것인지도 모른다. 삶에는 가파르고 힘든 오르막 계단이 있는가 하면, 콧노래를 흥얼대며 쉽게 내려오는 내리막 충계도 있으리라.

스웨덴 스톡홀름의 오덴플랜 역에는 피아노 계단이 설치되어 있다고 한다. 도의 충계를 밟으면 도의 음이 소리를 내고, 솔의 층계를 밟으면 그 멜로디가 춤을 춘다. 계단은 디딜 때 마다 흥겨운 가락으로 신명난 음악을 만드는 것이다. 기쁘거나 슬픈 가락을 만드는 거리의 층계는, 어쩌면 인생의 계단을 그대로 노래하고 있는 듯도 싶다. 밟을 때마다 층계에서 덩실대는 가락들은 서로의 몸을 섞으며 희로애락의 감정을 자유자재로 연출해 내기 때문이다.

계단이 만드는 가락은 슬프기만 한 것도 기쁘기만 한 것도 아니다. 그것은 삶의 소리처럼 흥미롭기만 하다. 무한한 가능성 속에서 변화무쌍한 층계의 가락은 자기가 밟은 것이기에, 자신이 만든 삶처럼 더 끈끈한 애착으로 다가설지도 모른다.

삐걱거리는 인생 계단을 힘겹게 오르고 있는 나는 삶의 계단 어디쯤에 와 있는 것일까. 꼭대기만 바라보며 쉬지 않고 오르려고만 하는 것은 아닐까? 아니면 아래만 내려다보다 자만심으로 더 이상의 걸음을 멈춘 것은 아닌지, 혹은 편견에 사로잡힌 나머지 층계 어디쯤만 고집하며 한없이 머물러 있는 것은 아닌지 삶을 되돌아본다.

꾸준한 성실함으로 나름대로의 최선의 빛으로 만들어진 계단이라면, 높은 곳에 있든 낮은 곳에 있든 무엇이 상관이란 말인가. 진정한 삶의 의미는 그 높낮이로 평가되는 것은 아니지 않는가.

오늘도 내 삶의 계단을 가늠해 보기 위해 가슴속에 잠들어 있는 나름의 자를 조심스레 꺼내어 본다.

# 고등어

   어느 날 작은 고등어 한 마리가 가슴을 휘젓기 시작했다. 그것의 지느러미 힘은 점차 거세지는지 가슴에서 시작해 머리에서 발끝까지 큰 바다 속을 자유로이 횡단하듯 전신을 휘돈다. 겨울에는 수심 깊은 곳에 머물다 여름에는 해면 가까이로 따뜻한 물을 찾아 다니는 고등어가 내 몸의 따스한 곳을 찾아 구석구석 맴도나 보다.

   언제부터인가 고등어에 맛을 들이기 시작했다. 토막 낸 고등어에 소주를 약간 뿌려 비린내를 없애고 소금으로 잠깐 절인 뒤 다진 마늘을 살짝 발라 센 프라이팬에서 재빨리 구워냈다. 어느 새 부엌은 일류 요리사가 요리를 막 끝낸 듯 환상적인 냄새로 가득 찼다. 살 한 점을 젓가락으로 떼어 살짝 입에 넣는다. 파시시한 하얀 살이 입속에서 사르르 녹는다. 야무진 살에 매력적인 풍미가 들어있어 한번 맛을 보면 잊혀지지 않아 다시 찾게 되는 것이 고등어다. 눈이 혹하고 혀가 매료되다 마음까지 빼앗겼는지 어느새 그것과 사랑에 빠진다. 그리하여 세상에서 제일 맛있는 것은 고등어뿐이라는 착각에 사로잡힌다.

어렸을 적에는 몰랐다, 세상에 그런 생명체가 지구 한 모퉁이에 살고 있는지를. 모성애로 똘똘 뭉친 어머니가 온 식구가 먹어서는 안 될 첫 번째 음식으로 고등어를 찍었기 때문이다. 큰오빠가 등 푸르고 지방 많은 고등어만 먹으면 온몸이 화롯불에 구워 낸 것처럼 붉어지고 두드러기가 전신에 솟았기 때문이다. 그것은 살아있을 때도 썩을 정도로 산패를 일으키기 쉬운 데다 높은 지방 함량까지 겹쳐 자주 오빠 몸에서 히스타민 중독을 일으켰다. 오빠보다 열두 살 어린 내가 고등어를 모르는 것은 어쩌면 지극히 당연한 일일 듯도 싶었다.

고등어를 조린다. 무를 큼직하게 썰어 냄비 밑바닥에 깔고 그 위에 손질한 고등어를 얹는다. 간장을 붓고 양파와 대파를 굵직하게 썰어 넣은 다음 약간의 고춧가루와 소주가 섞인 양념장을 고등어의 온몸에 끼얹는다. 그리고는 간이 배도록 은근한 중불로 생선을 조린다.

전신으로 푸른 바다를 품었다가 죽어서는 갖은 양념을 가슴에 안은 채 맛난 음식으로 태어나 밥상에 올라온 놈이다. 이브가 금기의 무화과를 맛보듯 어릴 때 금기였던 그것을 혀끝의 미각으로 비밀스레 음미한다. 매콤하고 짭조름하게 간이 밴 고등어의 기름진 살이 고소하고 감칠맛 나게 입 안에서 맴돈다. 고등어가 품은 출렁거리는 바다와 따뜻한 햇살과 바람과 흙이 만든 양념의 야채들이 몸으로 들어선다. 바다와 땅과 하늘을 품게 된 몸은 어느새 평화로운 우주로 변해 버린다.

큰오빠를 생각하면 아이러니하게도 제일 먼저 고등어가 떠오른다. 그 놈이 군청색의 등줄기와 하얀 배로 바다를 역동적으로 유영하였다면, 큰오빠는 거칠 것 없는 자유로 세상 바다를 활기차게 헤엄쳐 다녔다. 고등어같이 따뜻한 곳을 좋아해 언제나 아랫목 차지였던 오빠는 바다를 이동하는 거대한 고등어 떼같이 수많은 이민 무리와 함께 미국으로 이주했다. 일렁이는 물결을 푸른 등줄기에 새긴 고등어가 쉬지 않고 바다를 휘젓듯 오빠는 밤낮을 가리지 않고 사업에 몰두했다. 그중에서도 집안 식구의 일이라면 어깨의 지느러미 뼈가 부서질 정도로 열정적이었다. 오빠는 여기저기에 흩어져 사는 여섯 형제를, 이어지는 파도 자락같이 연결 지으며 늙은 어머니를 모셨다.

어느 날 낚시 그물에 걸려 퍼덕거리는 고등어처럼 오빠의 몸이 임 세포에 침범 당했을 때 식구들은 얼마나 걱정을 했는지 모른다. 생명체의 끝은 마땅히 죽음으로 마침표를 찍는 것이지만, 왠지 오빠에게는 그런 일이 일어나서는 안 될 것 같아 모두가 참담해했다. 다행히 올케 언니가 가정이라는 냄비 속에서 세상 파도에 몸이 상한 고등어 같은 오빠 곁을 지키며 따뜻이 품었다. 달큰하고 말캉한 무에게 고소한 생선의 맛을 내주며 맛깔난 조림으로 거듭나듯, 오빠와 새언니는 서로를 보듬어주며 길고 어두운 세상 바다를 헤쳐나간 것이다.

두 생명체는 가슴이 통하며 하나의 영혼이 되었고, 시원한 무와 고등어가 어우러져 얼큰하고 새콤한 맛을 내는 환상적인 고등어 조림이 되듯, 새로운 세계를 창조해냈다.

언제 들어도 즐거운 오빠의 목소리같이, 고등어는 언제나 반가운 음식이다. 밥상의 어설픈 빈자리를 채워주는 생선이기 때문이다. 쉽게 구할 수 있어 친근하고 '바다의 보리'라고 하여 함유한 고단백질과 비타민 등의 영양소와 효능이 만만치 않다. 날렵한 고등어를 닮은 오빠 역시 붙임성이 좋아 누구와도 잘 어울릴 뿐더러 한 가정을 꾸리는 가장으로서 정신적인 지주이면서 보금자리의 지도자로서 영향력을 펼쳐나갔다.

오빠는 암세포와 싸우면서도 여태까지의 자신의 삶은 행운이었다며 지나온 인생을 고마워했다. 그러기에 자신 때문에 어두워지는 주변을 설익은 유머로 다독이려 애를 썼다. 숨이 끊어져서도 맛깔난 조림으로 밥상에 오른 고등어처럼, 자신이 사라지더라도 남은 가족이 살 수 있도록 자산을 정리하며 늙은 어머니를 염려하다 밤잠을 설치곤 했다.

생의 최후를 마치면서도 맛난 음식으로 변신해 오감을 행복하게 해준 고등어, 그는 모든 것을 품어주고 베풀면서도 침묵하는 깊은 가슴을 보여주었다. 푸른 파도 속에서 역동적인 삶을 이루다 생명을 버려서도 자신의 몸을 바쳐 뭇 생명을 구하는 육보시행으로 다른 생명체에게 삶의 에너지를 제공한 것이다. 띠 동갑인 오빠처럼 나도 언젠가는 참다운 고등어로 거듭날 수 있을까.

# 구두닦이

조심스레 주변을 살핀다. 남자들만 구두를 닦고 있기 때문이다. 결심을 하고 높은 의자에 오른다. 구두 모양의 금속판 위에 발을 나란히 올려놓고 앞으로 내민다. 기다렸다는 듯 구두닦이 노인이 검은 구두 위에 흰 구두약을 넓게 펼쳐 바른다. 구두에 붙은 세상 먼지를 모두 닦아내려는 것이다. 구두약이 몇 겹씩 덧발라지자 노인이 양손으로 맞잡은 천을 가볍게 좌우로 문지른다. 구두 얼굴에 광택이 나기 시작한다. 그것의 이마가 맑아지자, 움츠려진 세상이 쭈그려 앉는다. 온 세상을 거느릴 구두이기에 세상이 그 위에 내려앉은 것은 어쩌면 당연한 일인지도 모른다.

검정색과 하얀색 구두약은 무광택과 광택으로 번갈아 가며, 광을 살리는가 하면 죽이고 다시 죽었다가는 살려낸다. 밤과 낮같은 삶의 어두움과 밝음을 오가며 변화하는 구두. 삶을 뚜벅뚜벅 걸어야 할 구두이기에 그곳에는 세상의 다양한 표정들이 순간이나마 그려졌다 사라지는 것일 터이다.

구두를 닦는 일은 그 표면을 빈 공간처럼 비운 뒤 자신의 본래 모습을 그대로 살려 내는 것일 게다. 하루의 삶도, 평생의 인생도 세속적인 것을 쓸어내고 실존하는 자신의 모습을 다듬어 반짝이게 하는 것이 아닐까.

끈기 있고 성실한 소의 가죽이 만든 구두에는 꾸준함과 부지런함이 담겨 있을 성싶다. 그런가 하면 활기찬 초록 엽록소를 취하는 소는 하루에도 몇 번씩이나 먹이를 되새김질한다. 생각해 보면 소의 분신인 가죽 구두도 활기 찬 걸음 속에 자신을 되돌아보는 삶의 성찰을 잊지 말라는 의미가 숨어 있는 듯도 싶다.

노인은 슬하에 일곱 자녀를 두어서인가, 하루하루를 힘들게 보내는 것 같다. 짧은 하루지만 두 생업을 뛰어야만 유지되는 삶이다. 아침나절은 공항에서 구두를 닦고 오후에는 근처 매점에서 음료수를 판매한다. 심한 당뇨로 몸이 불편한 그는 일주일에 세 번씩이나 신장투석을 견뎌내야만 한다. 낡을 대로 낡은 구두 같은 그의 삶을, 어쩌면 그는 성심을 다해 닦아내고 매만지며 광택을 내는 것인지도 모른다.

나의 부츠는 어쩌면 춥고 질척한 비바람 같은 삶을 막아주는 갑옷일 듯도 싶다. 삶을 보호해주는 든든한 보호막이 되어주는 부츠가 온 세상을 가죽으로 덮는 대신 조그만 발 하나를 감싸고 있다. 작은 발 하나를 지켜주기 위해 부츠는 그렇게 탄탄하고도 긴 기둥을 세웠던가. 세상에 내딛을 작은 발 하나를 지키는 것이 온 세상을 단속하는 것보다 어쩌면 더 중요할지도 모르겠다. 작은 소중함을 지킬 줄 알아야 넓은 세상도 평정할 수 있는 것이 아닌가. 바람 잦은 인생길이지만 삶의 부츠를 신고 걸으면, 어떤 흔들림에도 소신껏 걸을 수 있을 것 같다.

네모난 성격의 나처럼, 부츠의 앞부분은 사각형이다. 둥글어서 모나지 않아야 숨겨진 삶의 돌부리에 상처가 나지 않을 것 아닌가. 구두는 하늘을 보고 있지만 땅을 버티고 서 있어야만 한다. 무겁게 누르는 삶의 무게를 감당하며 현실을 걸어가야 하는 것이 부츠의 숙명이기 때문이다.

때로는 말발굽 같은 뒤축으로 당당하게 달려야 하고, 때로는 낫같이 생긴 그것으로 먹이를 잘라내야 한다. 풀이나 곡식을 자르는 낫은 먹거리를 갈무리하는 또 하나의 삶의 필수 도구가 아니던가. 탄탄한 것도 모자라 날카롭기까지 해야 하는 내 가죽장화는 삶의 도구이자 버팀목인지도 모른다.

삶의 무게가 버거워서인지 위와 아래를 잇는 부츠의 목 부분에 심한 주름이 잡혔다. 힘든 고비마다 부러지지 않으려 굽혀야만 했던 주름들은 삶이 만든 것들이리라. 어쩌면 그것은 세월이 만든 이력서일지도 모른다. 싫어도 싫어 할 수 없고 두려워도 아무렇지 않은 듯 걸어야 했던 인생이 만든 아픈 훈장 같은 것이다.

세월 속에 몸이 삭아갔는지 균형이 불안해진 부츠는, 급하게 내딛으면 삐걱거리다 못해 헐떡대기 시작한다. 그것은 영혼에 맞춰진 구두가 아니라, 쫓기는 현실에 맞춰진 빡빡한 구두이기 때문일 것이다. 달콤한 비상을 꿈꾸는 가슴과 각박한 현실이 만들어낸 균형이 어긋난 구두는 희한한 몸짓으로 넘어질 듯 세상을 달리는지도 모른다.

어쩌면 인생은 발에 맞춘 구두를 신고 걷는 것이 아니라, 숙명처럼 정해진 구두에 발을 맞추고 걷는 것일 듯도 싶다. 각자의 업이 만든 구두를 신고 때로는 비틀거리다 넘어지기도 하며 삶이라는 녹록지 않은 길을 걷게 되는 것일 것이다.

검은 빛이기에 무표정한 듯한 구두. 하지만 영혼에 먼지가 조금만 끼어도, 작은 상흔만 생겨도 그것은 감출 수 없이 그대로 노출되는 것 같다. 어쩌면 낡은 구두에는 삶에 찌든 나의 얼굴이 숨어 있는지도 모른다.

주글거리는 구두만큼이나 힘든 구두닦이 노인이 나의 구두를 닦아주고 있다. 굴곡진 삶의 주름으로 가득 찬 노인의 손이, 지치고 힘든 나의 영혼을 정성스레 보듬어주는 것 같다. 어찌 보면 초라하지만 동정어린 그의 혼이 스트레스로 굳어진 나의 삶을 따뜻이 품어 주는 듯도 싶다.

삶은 흠집 많은 서로의 구두를 포근히 보듬어주는 것인지도 모른다는 생각이 들었다. 멍들고 패인 서로의 주름을 쓰다듬고 펴주며 각각의 영혼이 가장 밝은 빛으로 반짝이게 하는 것이 인생인 듯싶기도 하다. 완벽하지 못한 사람들이기에 지치고 힘없는 서로의 구두를 감싸 주고 의지하며 더불어 걸어가는 것이 삶 아닐까. 어쩌면 낡고 구겨진 영혼의 구두를 정성껏 서로 챙겨주는 '구두닦이'야말로 진정한 인생일지도 모르겠다.

# 기침

"에취~ 에취~" 연이어 기침을 한다. 기침은 무엇일까. 감기 바이러스와 약한 목이 만나 까끌까끌해진 후두 주변에서 화산 터지는 소리를 내며 작은 우주를 흔들지만 실체가 없어 손에 잡히지 않는 그 무엇이다. 메르스로 세상이 시끄러운 요즘, 그 증세의 하나인 기침은 평화를 깨는 위험분자로 간주된다. 폭탄처럼 연쇄적으로 터지는 나의 기침은 목을 찢는 아픔이지만, 도둑질을 하다 들킨 사람처럼 주변의 눈치부터 살피게 된다. 여기저기로 나를 피해가며 쏟아지는 의심의 눈초리들. 주변에서 쏘아지는 질타의 눈빛들은 따뜻한 연민이라기보다는 황당한 주홍 글씨를 온몸에 붙여주는 듯하다.

기침은 까탈스럽다. 목욕 후 화장대 앞에 앉아 얼굴을 다듬을 때도 바르는 에센스가 차다며 투정을 부려댄다. 게다가 화장품 위에 앉은 보이지 않는 먼지들이 자신을 자극해 기분이 상한다며 날카로운 비난을 퍼붓는다.

기침의 기분이 상하지 않도록 하루 종일 온 정성을 다한다. 추위를 싫어하는 그것의 비위를 맞추려 온종일 더운 물을 마시며 삼복더위에 땀을 흘려낸다. 무더운 여름이지만 두꺼운 바지와 스웨터가 잠옷이다.

그런 어느 날이었다. 기침이란 놈이 잠든 나를 깨웠다. 자기 전 머리를 감은 후 잘 말렸음에도 한기가 든다며 한밤중 소란스레 아우성을 치는 것이다. 반쯤 열린 눈으로 어둠을 더듬거려 급한 김에 얇은 옷으로 중동 사람의 터번 같은 것을 서툴게 머리에 틀었다. 불쌍하게도 나는 더운 여름 에스키모 옷을 입은 아라비아인이 되어 구차스레 잠을 구걸하는 것이다.

하루 종일 온갖 정성이 기침을 위해 바쳐진다. 21년생 도라지 진액과 벌의 프로폴리스가 면역체계를 강화시킨다 하여 하루에 네 번씩 공복에 투여된다. 먼지와 절대 타협하지 않는 기침 때문에 컴퓨터 앞에 앉으려면 기침 억제 물약과 기관지 확장제를 숨 깊이 들여 마시며 완전무장을 시도한다. 그뿐인가, 그것을 기쁘게 하려고 기쁨조 격인 달달하고도 박하향이 섞인 기침 억제 알사탕을 하루 종일 입에서 녹여낸다. 밤이면 강한 마약 성분의 훼날겐이 섞인 코데인이 투여되고 그래도 혹 불만이 생길까 봐 알러지 둔화제인 베나드릴도 가담한다. 제발 잠을 잘 자게 해달라고 온갖 수단을 써서 기침을 회유하는 것이다.

하지만 그것의 까탈은 끝이 없다. 보이지 않는 먼지를 귀신같이 잡아내어서는 큰 소리로 나무라다가, 그래도 분이 안 풀린다고 온몸을 흔들며 화를 내곤 한다. 이제 기침이 혐오하는 먼지 낄 만한 곳은 아예 출입이 차단된다. 그로 인해 나의 생활반경이 점점 좁혀져 간다. 갑자기 나는 기침의 포로가 된 듯도 싶다. 그것이 인증한 것만 할 수 있는 한심한 나는 그 손바닥 안에서 생명을 이어가고 있는지도 모르겠다.

온갖 정성을 다하는데도 기침의 투정은 나날이 늘어만 간다. 이제는 그것이 조그만 기분이 상해도 소란을 떨다 끝내는 발작 증세로 온몸을 흔들며 몽니를 부린다. 파킹티켓을 받아도, 세입자가 세를 나가겠다고 통지를 보내와도 기침은 터지는 화산처럼 불편한 심기를 적나라하게 드러낸다. 세상이 어떻게 자기 원하는 대로 된다는 것인지 원.

언제부터인가 기침은 더 이상 귀찮은 정도를 지나 두려움의 대상으로 바뀌고 있었다. 그렇게 정성을 들였는데도 중요한 자리에 놓인 방향제 냄새가 역겹다며 찢어지는 멍멍이 소리로 발작을 일으킬 것이다. 따뜻한 분위기 속에서 능력 있는 사람으로 인정받고 싶었던 나는 졸지에 도움이 필요한 장애자로 변신되고 말았다. 모두 병든 나를 걱정한 나머지 반짝이는 나의 능력은 그만 흙속에 묻혀버린 것이다. 상황 전체를 끝내는 뒤집고야 마는 기침은 예측이 불가해 나를 점점 불안과 공포의 분위기로 몰아가고 있다.

이제 온 영혼을 바쳐 그것을 시봉하다 보니 기침은 거의 나의 신이 되어버렸다. 혹시 노하실까 봐, 아니면 분노가 화산같이 터지실까 봐 혼신을 다해 그 비위를 맞추려 애를 쓴다. "오 기침이여~ 부디 너그러워지소서. 제발 시도 때도 없이 분노하고 연쇄적으로 폭발해 순간을 진한 얼룩으로 물들게 하지 말아 주소서. 진정코 저의 모든 것은 당신의 것이옵니다." 이제는 나의 한계를 초월해 그 놈은 어느새 내가 숭배하는 신의 경지까지 오른 것이다.

그런데 곰곰이 생각해 보니 기침은 나의 스승이며 삶의 가르침일 줄도 모르겠다는 생각이 문득 들었다. 그동안 나는 얼마나 미친 듯 들쭉날쭉한 하루들을 보냈던가. 때를 가리지 않고 아무것이나 먹고 아무 때나 잠들지 않았던가. 비디오에 미쳐 새벽 세 시에 잠드는가 하면 해가 중천에 올라야 어슬렁거리며 게으름을 피우지 않았던가. 비가 오면 허전하다고 많이 먹고 화가 나면 속상하다고 정신없이 불량음식을 먹어대던 나. 그리하여 감당할 수 없는 살이 온 몸에 붙자 갑자기 끼니를 거르며 앙상한 샐러드 풀로 허기를 채우려 했던 나였다. 극과 극을 달리며 온몸을 혹사시킨 대가가 분명하다.

기침은 무절제한 나쁜 습관들을 경고하느라 지금 죽비로 나의 등을 내리치고 있는지도 모른다. 형편이 좋다고 자만하지 말고 겸허한 마음으로 중용을 지키며 질서 있는 삶을 유지하라고 경고를 보내는 것이다. 어찌 보면 기침은 내 인생이 가야 할 곳을 일러 주는 삶의 지침서일 듯도 싶다.

"에취~ 에취~ 에이~취"

아, 지엄하신 스승님의 설법이 다시 시작되려나 보다.

2

리모델링

핸드폰

김치부침개

렌트 인생

파리

리모델링

누룽지

마네킹

키

틈

그라지 세일(Garage Sale)

영혼의 리모델링을 통해 낡고 부정적인 잡동사니를 모두 내버리고 참신하고 반듯한 마음의 집을 지어 보리라. 하얀 벽장 안에는 인내와 이해를 가득히 채우고, 갈색 마루는 신뢰와 믿음으로 곱게 엮는다. 또 햇볕이 춤추는 창가에는 뜨거운 격려와 작은 일에 감사하는 겸허한 마음이 마구 쏟아지게 하리라. 어둠이 덮이는 밤 온아한 전등불 아래에서는 용서와 화해가 물결치고, 정갈한 부엌에는 언제나 취할 수 있는 때 묻지 않은 영혼의 양식을 가득히 채울 것이다.

# 핸드폰

핸드폰을 생각해본다. 마치 작은 수첩 같다. 아는 사람들의 연락처가 기록되어 있는가 하면 가끔 가는 서점 이름도 있다. 바쁜 하루를 기억해 주고 필요할 때마다 챙겨주니, 비록 얼굴은 긁히고 낡았지만 그저 있어주어서 고마운 비망록이다.

일요일 아침, 한 주의 피로로 늦잠을 즐기기는커녕 서둘러 전화할 채비를 한다. 그 전날 콘서트홀에서 실종된 핸드폰 때문이다. 전화기가 없어진 것을 발견한 전날 밤 잃어버렸을 만한 곳을 찾아 떠나려 했다. 하지만 이미 문이 잠겼다는 바람에 다음 날로 미뤘다.

한동안 희비애락으로 사랑을 나누던 연인이 갑자기 증발했다고나 할까. 가슴속의 그 무엇처럼 휴대폰 없이는 한 순간도 안정을 찾기가 힘들었다. 그것은 기억들을 차곡차곡 저장해 놓은 나만의 일기장일 뿐더러, 삶의 급한 고비마다 문제를 해결해준 해결사이기 때문이다.

혹 핸드폰이 없는 사람이 나보다 먼저 발견하면 어떻게 될까. 낡고 헐어 볼품은 없지만 나의 전부를 실은 그것을 누군가 가져갈까 봐 가슴을 졸인다. 남편은 그런 구닥다리 핸드폰을 누가 가져가겠느냐며 나를 안심 시킨다. 못생긴 나무가 산을 지킨다고, 외모가 번듯하지 못한 것이 어쩌면 다행일지도 모른다.

실물을 했다는 생각까지 잃어버린다면 얼마나 편안할까. 소유에 대한 집착은 가슴 한구석에서 불씨를 댕기더니 또 하나의 번뇌에 불을 붙인다. 순간, 텅 빈 무소유의 자유로움이 얼마나 아름다운가를 실감한다.

전화로 전날 앉았던 좌석 번호를 알려주며 주변에 혹시 핸드폰이 떨어졌나 샅샅이 살펴봐 달라는 부탁을 했다. 하지만 내가 앉았던 자리에는 아무것도 찾을 수 없다는 대답이 이어졌다. 잃어버린 아이를 찾아 나서듯 서둘러 남편과 그곳으로 나섰다.

못난 자식처럼, 긁히고 때가 묻고 결점이 많기에 오히려 더 정이 가는 핸드폰이다. 손끝에서 떨어지지 않고 동고동락하던 그것은 불평 한 번 없이 내 곁을 맴돌았다. 힘들고 지칠 때 의지하던 피붙이같이, 무료할 때면 뒤적거리며 위로를 받았다. 달달한 음악과 익살스런 영상으로 깜짝 쇼를 해대며 순간을 기쁘게 만드는 마술사 같았다.

전날의 화려했던 음악회와는 달리 관중석엔 무거운 침묵만이 가라앉아 있었다. 경비원은 플래시 불을 비춰가며 내가 앉았던 좌석을 샅샅이 뒤진다. 하지만 무엇도 걸치지 않은 빈 벽 같은 그곳에는 아무것도 찾을 수가 없다.

남편의 핸드폰으로 전화를 시도해 보지만 녀석은 기운이 쇠했는지 신음소리조차 내지 못한다. 불러줄 때마다 화사한 꽃으로 피어났던 핸드폰. 김춘수 시인의 시구처럼, 불러 주기 전에는 하나의 몸짓에 지나지 않았던 것이, 열 개의 번호로 이름을 불러주자 내게로 와 꽃이 되었다. 어쩌면 핸드폰은 이름을 부르면 다가와 누군가의 꽃으로 피어나고픈 기다림의 꽃인지도 모른다. 삭막한 삶의 가슴속에서 피어나 잊혀지지 않는 하나의 눈짓으로 승화되고 싶은 의미의 꽃일 것 같다.

어찌 생각하면 핸드폰은 나비일 듯도 싶다. 그리움과 기다림을 싣고 카카오 톡 나비는 멀거나 가깝거나 사뿐히 비상한다. 나풀거리는 날개로 태평양을 건너 정든 고향에 반가운 소식들을 전해주는 나비. 그것의 가냘픈 날개에는 정다운 눈빛과 고향의 향기까지 곱게 배어 있는 것이리라.

핸드폰의 작고 얇은 네모진 상자에는 온 세상이 들어있다. 세상 소식들과 지구별의 세밀한 지도가 들어있고, 영혼의 이야기들이 보관되어 있다. 상자 얼굴을 손가락으로 쓰다듬으면 조그만 창에 온 세계가 뜬다. 마치 미켈란젤로의 천지창조에서 영혼이 담긴 손가락이 혼을 불어넣자 세상이 열리듯, 손가락은 핸드폰에 영혼을 불어넣는가 보다. 인체의 축소판이라 볼 수 있는 손가락과 손가락의 만남. 정녕 삶은 영혼이 닿아야만 열리나 보다.

드디어 세상에 하나뿐인 나의 핸드폰을 남편이 찾아냈다. 전혀 기적이 없던 핸드폰이 내가 앉았던 바로 앞좌석에서 발견된 것이다. 내가 남편과의 인연이 대단한 만큼, 낯익고 때 묻은 핸드폰도 남편과 인연이 만만치 않은가 보다.

생각해 보면 핸드폰은 인연을 맺어주는 메신저인 것 같다. 불가의 인연경에는 오백 겁의 인연을 맺어야 현세에서 옷깃을 한 번 스치게 되고, 삼천 겁의 인연이어야 하룻밤을 함께 지내게 된다고 한다. 한집에서 살려면 칠천 겁의 인연이 있어야 하고, 부부의 연을 맺으려면 팔천 겁의 인연을 지어야 한다고 한다. 그런데 놀랍게도 나와 핸드폰 그 녀석은 칠천 겁이나 되는 인연으로 나와 한집에서 살고 있지 않은가. 더 놀라운 것은, 핸드폰은 넓고 깊은 삶의 바다 가운데에서 오직 한 사람을 찾아내 몇 천 겁의 인연을 수시로 맺어준다는 사실이다.

핸드폰이 나를 부른다. 달리는 기차소리에 정감어린 음률이 가미된 소리다. 기차바퀴처럼 달리는 삶에 달달한 멜로디를 붙여, 굴러가는 삶의 달콤함을 표현한 듯싶다. 재미난 것은, 사람마다 제각기 얼굴이 다르듯 핸드폰 소리는 저마다 다르다는 점이다. 제 어미만 알아들을 수 있는 분신의 울음소리 같다. 나의 분신 핸드폰은 지금 나만이 들을 수 있는 은어로 어미인 나를 부르는 것이다.

핸드폰을 열자 세상은 0부터 9까지의 숫자로 연결된다. 삶의 오르막길과 내리막길처럼 전화번호는 오르기도 하고 내리기도 하며 순간순간 이어진다. 때로는 오르고 내리다 다시 올라오는 삶의 길처럼 꼬불꼬불하기만 하다. 9 다음의 0은 삶을 모두 비워내고 나면 또 다른 새로움의 인생이 다시 시작한 다는 뜻일 듯도 싶다.

핸드폰의 '#' 부호를 유럽에서는 뒤죽박죽의 의미인 '해쉬(Hash)'라고 부른다. 인생이 워낙 뒤죽박죽 섞인 것이기에 삶을 지어가는 휴대폰에도 그 모습이 재현되고 있는지도 모른다. 핸드폰이 있는 한 번호들은 존재할 것이고, 그것들은 순간마다 새로운 의미로 창조될 것이다.

세상을 들고 다닌다. 자동차 안에서도, 식탁 위에서도 사각형의 세상은 살아 숨 쉬고 있다. 혹시 세상이 깨지고 부서져 사라질까 봐 하루 종일 핸드폰을 조심스레 운반한다. 언제나 습관처럼 세상을 품어서인가, 핸드폰을 잊고 길을 나섰다가도 다시 돌아와 그것을 챙겨간다. 세상과 하나인 내가, 그것이 사라지면 발붙일 곳이 없어 존재조차 무의미해지는 것이라고 생각되기 때문이다.

그런데 한 가지 두려운 것이 있다. 나의 모두를 핸드폰에 의지했다가 그것이 사라지는 그 어느 날, 갑자기 치매 걸린 사람모양 아무것도 기억 못하고 무능한 바보로 전락되는 것은 아닐까 하는 염려이다

# 김치부침개

비가 온다. 화끈하게 왔으면 좋으련만 캘리포니아가 사막임을 확인이라도 시켜주듯 잠깐 내리다 그쳐버린다. 갈증 난 하늘은 온통 음울하고 축축한 짙은 회색으로 덮였다. 날씨가 무겁고 꿀꿀해서인지 문득 김치부침개가 먹고 싶어진다. 궂은 날씨로 기분이 착 가라앉는 날은 촉촉하고도 바삭한 김치부침개가 제격인 것이다.

냉장고를 탈탈 털어 잘 익은 김치와 양파, 애호박, 대파, 오징어, 계란으로 부침개거리를 준비한다. 재료들을 부침가루와 함께 휘휘 저어 섞는다. 반죽이고 인생살이고 서로 섞여야 외롭지 않은 것 같다. 합쳐져야 색이 다양해지고 각각의 독특한 맛이 살아난다. 인생도 부침개같이 그렇게 서로 살을 맞대고 부대껴야 사는 맛이 나고 서로의 가슴이 전달되어 따뜻해지는지도 모르겠다.

반죽 물을 차가운 얼음물로 채웠다. 얼음물로 얼차려를 시켜야 그것이 정신이 들어 부침개 끝을 바삭하게 마무리 짓기 때문이다. 농도를 확인해 가며 조금씩 물을 더해가는 반죽, 처음부터 물을 듬뿍 부었다가는 질척해져서 돌이킬 수 없게 된다. 삶에서도 분에 넘치는 정을 초장부터 울컥 주었다 얼마 후면 서로에게 실망을 하듯, 무엇이든 정도에 맞추는 것이 중요할 듯싶다. 반죽이 거의 마무리되자 뭉쳐진 것이 없나를 꼼꼼히 확인한다. 인생살이에서도 뭉친 것이 많으면 언젠가는 그것이 문제의 발단이 되듯, 어디에든 맺힌 것이 없어야 안심이 된다.

드디어 여러 재료를 섞는 반죽 작업이 끝났다. 이제 맛깔난 부침개를 부치기 시작한다. 우선 포도 씨 기름을 둥근 프라이팬에 골고루 펴 바른다. 기름 같은 온정을 주변 모두에 넉넉히 베풀어야 인생이 서걱거리지 않듯, 부침개 부치기에서도 기름은 생명인 듯싶다. 그것은 인생에서처럼 서로를 향한 보호막이며 윤활유이다.

기름으로 달궈진 프라이팬에 부침개 반죽을 올려놓는다. 치익 치익, 아기가 태어날 때 힘차게 울듯 부침개로 태어나기 위한 반죽의 울음소리도 만만치 않다. 알맞은 크기의 반죽을 내 식으로 부으며 프라이팬 위에 나름대로의 작품을 만들어 간다. 귀퉁이가 울퉁불퉁하고 엉성한 작품이지만 내가 만든 것이어선지 맘에 든다. 중요한 것은 크기가 너무 커서 뒤집을 때 갈라지거나 찢어지지 않게 하는 것이다. 삶에서처럼 감당할 만큼만의 무게만이 자신의 모양새를 지키게 하며 제 맛을 살릴 수 있기 때문이다. 지글지글 부침개 익는 고소한 냄새가 코끝에서 춤을 춘다. 출출한 날씨가 부침개 지지는 냄새에 힘을 더해 허기진 영혼을 마구 출렁이게 한다.

반죽한 여러 가지 재료를 하나로 붙인 것은 프라이팬 밑의 강한 열(熱)이다. 마구 흩어진 밀가루 반죽의 재료들이 한 몸이 되려면 강력한 접착제인 열기가 필수적이다. 열기는 서로 다른 이물질들을 감싸 안는 힘이 있는가 보다. 삶에서도 성격이 달라 각각 소외된 사람들을 붙일 수 있는 것은 영혼을 감싸 안는 따뜻함일 것이다. 따뜻함은 차가움을 보듬어 안을 수 있기에 어쩌면 더 강한 것이 아닐까.

기계로 잰 듯 정확치는 않지만, 손짐작으로 대강 섞은 반죽이 프라이팬 위에서 자글자글 익어간다. 인생 자체가 똑 떨어지는 계산이 아닌데 이러면 어떻고 저러면 어떠하랴. 꿀꿀한 날씨에 썰렁한 배를 채워 포만감을 주고 축축해진 영혼을 따스하게 덥혀줄 수만 있다면 이 또한 소박한 행복 아닐까. 바삭하면서도 쫄깃한 김치부침개와 비 오는 날의 무료함은 최상의 콤비를 이루며 인생을 아름답게 장식해주는 것 같다.

김치전이 제법 노릇노릇해졌을 때 서둘러 뒤집는다. 적절한 때에 바로 뒤집어야 골고루 익게 되는 김치부침개, 결정적인 순간 포착과 과감한 도전은 삶에서처럼 무척 중요한 것 같다. 노릇노릇

익어가는 김치부침개를 보며 군침이 꼴깍 넘어간다.

여러 재료가 섞인 김치전은 다양한 인종이 모여 사는 이곳 캘리포니아의 삶의 양상을 닮았다. 반죽을 부치기 전 프라이팬에 기름을 골고루 둘러야 하듯, 주변의 다 다른 인종에게 넉넉한 온정을 골고루 둘러야 큰 탈이 없다. 불이 과해 타지 않게, 자주 뒤집어 찢어지지 않게 부침개를 지키듯이 다 다른 이웃 사이에서 성심을 다해 자신을 지켜내야 하는 것이 이곳의 사람살이다. 다민족이 모여 정답게 만드는 삶은 어쩌면 여러 먹거리들을 넣고 부치는 한 개의 김치전일 듯도 싶다. 모나지 않은 원 속에 모든 것을 하나로 조화롭게 만든 것이 김치부침개이기 때문이다.

생각해 보면 부침개 속에는 삶이 들어있는 듯싶다. 그래서인가, 비오는 날 땅에 빗방울 부딪히는 소리는 부침개 부치는 소리와 비슷한 것 같다. 동그란 프라이팬에다 한 번에 한 개만 부칠 수 있는 김치부침개. 재미난 것은 하나의 작은 김치부침개가 탄생하는 데도 온 정성을 다하여야 한다는 것이다. 바닥이 노릇노릇 익었을 때 과감하게 뒤집기도 하고 불의 강도를 강하게도, 약하게도 조절하며 하나의 목표를 향해 정성을 다해야 한다. 그러니 어찌보면 인생살이 자체가 김치부침개 부치는 일 같은 것일지도 모르겠다.

마침내 바삭한 부침개 한 젓가락을 입에 넣고 씹는다. 순간 영혼 속의 행복들이 사각 사각 소리를 낸다. 씹을수록 고소하고 짭

짜름하면서도 바삭거리며 쫀득쫀득한 부침개, 그것은 삶의 맛처럼 딱 집어서 한 마디로 말하기가 힘들다. 짜고 달콤하고 고소한 여러 맛이 합쳐진 것이 김치부침개의 맛이라면, 기쁨과 슬픔이 섞이고 사랑과 미움, 용서와 이해의 맛이 합쳐진 것이 인생의 맛이라고 할 수 있지 않을까. 요리하기에 따라, 해석하기에 따라 맛이 변하고 멋이 달라지고 그 느낌조차 변하는 김치부침개와 인생살이. 김치부침개를 요리해 먹어 봐야 그 맛을 알 수 있듯, 삶도 겪어 보아야 그 맛을 깨달을 수 있을 듯싶다. 하나의 해와 하나의 달이 둥근 김치 부침개 같은 하루를 만들듯, 오늘 하루도 온 영혼을 쏟아 삶이라는 한 개의 김치부침개를 정성껏 반죽하고 익혀서 맛을 보리라.

# 렌트 인생

아파트 렌트 때문에 조바심이 난다. 공사가 끝나면 세입자가 빨리 들어와야 모든 정리가 마무리되기 때문이다. 하지만 집을 둘러보는 사람들마다 반응이 시들하다. 집 안을 돌아보며 숨 가쁘게 흥분도 하고 높은 환호 속에 감탄도 하며 사진과 동영상들을 찍어대지만, 누구 하나 심각하게 입주 서류에 계약을 하겠다는 사람이 없다. 부인이 산달이라 아기가 곧 나올 거라며 온갖 호들갑을 떠는 남편이 있는가 하면, 자신과 고양이 두 마리면 모든 이사가 완료된다고 허접한 살림살이를 자랑삼아 떠벌리는 사람도 있다. 빈 방 하나를 보여주며 알게 되는 사람들의 생각과 삶의 모습이, 일본의 Zen 가든 앞에서 드러나는 각기 다른 마음들 같다.

방세를 내며 일정 기간 동안 장소를 빌리는 렌트, 그것은 계란의 생리와 같은 듯싶다. 우선 렌트 계약부터 살가운 달걀껍질처럼 깨지기 쉽다. 실내가 약간 답답한 듯 더워도, 한기가 살짝 들 정도로 추워도, 방세가 조금 높은듯해도 까탈스러운 임차인에게는 거부 반응을 일으키기 쉽다. 알의 내부가 심오하고 미묘하듯 세를 얻고자 하는 사람의 속성도 오묘하기만 하다.

병아리가 알을 깨고 나오려는 순간, 어미 닭이 겉을 쪼아 생명으로 탄생시켜주는 것을 '줄탁동시'(啐啄同時)라 한다. 내부적 노력과 외부적 조력의 절묘한 타이밍의 화합과 소통이다.

렌트에서도 이 '줄탁동시'가 일어난다. 리모델링을 막 끝내고 빈방을 세놓으려는 순간, 보금자리가 절실한 세입자가 열심히 문을 두드린다. 알이 깨지면서 새 생명이 태어나듯, 세입자에게도 입주의 문이 열리며 새로운 삶이 시작된다. 더 큰 세상으로 가기 위해 잠시 머무는 보금자리가 알이라면, 렌트 역시 더 넓은 세간을 위해 일 년을 안주하는 둥지이다. 방 임대에서는 공간이 시간으로 헤아려지고, 한가한 세월조차 돈으로 계산되는 이상한 셈법이 적용된다.

얼마 전 남의 미래를 점쳐주는 점쟁이가 세를 들었다. 처음에는 다운타운에서 웨딩 옷가게를 한다고 거짓말을 했다. 하지만 방세를 제때 지불하지 않으면서 그녀의 정체가 조금씩 벗겨지기 시작했다. 급기야는 남자 친구가 선량한 노인들을 상대로 교통사고를 위장한 사기범으로 판명되며 그녀의 정체가 적나라하게 드러났다. 엎친 데 덮친 격으로 몇 달째 렌트 비가 들어오지 않자 퇴거 명령이 시작되었다. 그녀는 마샬이 출동하기 바로 전날 밤까지 버티다 야반도주를 했다. 힘겹지만 값진 땀의 노력으로 지켜내는 삶이 있는가 하면, 여기저기를 오점 투성이로 질척거리게 만들며 비틀거리는 인생도 있나 보다.

알면 알수록 한마디로 정의 내리기가 힘든 것이 렌트의 얼굴이다. 세입자가 선한 것인지, 아니면 털 밑에 감춰진 날카로운 발톱 때문에 도저히 믿어서는 안 되는 것인지 혼란스럽기만 하다. 아파트 방을 임대하다 보면 그것에는 인생의 모순과 불합리가 고스란히 절여져 있는 것 같다. 선과 악이 뒤죽박죽 버무려지고 천당과 지옥이 마구 합성되어 그 실체의 정체성이 모호하기만 하다. 어쩌면 그것은 삶의 보기 흉한 부분같이, 찢기고 흉하게 부풀어 오른 상처에 울퉁 불퉁한 삶의 근육들이 엉겨 붙어 설명하기 힘든 괴물로 변했는지도 모른다.

이삿짐을 푼 세입자는 꿈 같은 레이스로 동녘 부엌 창가의 아침 햇살을 곱게 장식하고, 해질녘 아련한 실루엣을 만들 목욕탕에 커튼을 드리운다. 삶이 영원할 것처럼 꾸미기 시작한 자기만의 둥지. 일자리에서 밀려나 몇 달도 못 채울 것을 모르는 세입자는 온통 자신의 빛깔로 공간을 칠하고 자기만의 고유한 숨결로 보금자리를 채운다. 자세히 들여다보면 미지수의 인생처럼 렌트에는 불투명하고 알 수 없는 미래가 숨겨져 있다.

렌트는 시한부의 삶과 같다. 그것은 일 년이라는 정해진 세월의 종착역을 향해 달리는 기차 여행 같기도 하다. 아니 어찌 보면 렌트는 인생 그 자체일지도 모르겠다. 한 달 치 방세를 앞당겨 지불해 매달이라는 역을 무사히 통과하면 기차는 쉬지 않고 끝을 향해 달린다. 기차 여행이 마음에 들면 같은 공간에 계속 머물 수 있는 옵션도 있지만 그 역시 마지막을 향해 질주해가는 것이다. 죽음을 향해 한 걸음씩 다가서는 생명체의 삶과 조금도 다르지 않은 것 같다.

렌트는 빌린다는 뜻이다. 세상에 내 것이라는 것이 있을까? 빈손으로 왔다가 결국은 빈손으로 돌아가는 것이 인생 아니던가. 자신의 명줄만큼 세상을 임차하다 다시 원점으로 돌아가는 것이 삶일 듯싶다.

내 인생의 렌트에 생각이 머문다. 삶 자체가 임차라는 것을 미처 몰랐던 나는 모든 것이 내 것이라고 착각하며 마구 욕심을 내었었다. 결혼을 하자 식솔들까지도 나의 소유라고 어리석은 착각을 했다. 내 집안에서 같이 숨을 쉬는 남편과 자식 모두가 나의 소유라고 여겼었다. 내가 소지했기에 모든 것을 마음대로 할 수 있다는 바보 같은 생각을 한 것이다. 하지만 돌이켜보면 마음대로 할 수 있는 것은 아무것도 없었다.

방세를 내고 일정한 기간만 빌리는 렌트, 삶은 자신의 수명만큼만 지구별 세상을 빌려 쓰다 가는 것인지도 모른다. 언제 한번 파란 바다와 타오르는 태양과 푸른 청산 그리고 흰 구름에게 렌트

비를 낸 적이 있을까. 한 푼의 세를 내기는커녕 자연 모두가 내 것인 양 온 평생을 마구잡이로 쓰며 때때로 훼손까지 시키지 않았던가. 지구별에 한동안 세든 나는 삶이 끊기면 지구별 셋방살이를 끝낼 렌트 인생이다. 자연의 긴 눈으로 보면 찰나에 불과한 짧은 생(生)인 것이다.

세놓을 방을 둘러보며 생각에 잠긴다. 세상을 잠깐 렌트하는 동안, 내 것이라는 착각을 지우고 더불어 사는 이웃에게 좀 더 베풀고 풍족한 사랑으로 따뜻이 보듬어야겠다고 마음을 다진다.

# 파리

　파리 떼가 들끓는다. 고양이 먹이로 밖의 마당을 자주 드나들자, 그 틈을 타고 더위를 피해 들어온 녀석들 같다. 놈들의 숫자는 더운 날씨로 불쾌지수가 불어나듯 늘어만 가는 것 같다. 아침 먹기 전 열 마리나 되는 놈을 죽여 하루치의 파리 박멸이 끝났다고 생각했는데, 뻔뻔한 녀석 한 마리가 천연덕스레 손등 위에 내려앉는다.

　녀석들의 안테나 촉은 사냥에 지친 나를 벌써 감지한 듯하다. 온갖 날개 쇼를 벌이던 녀석이 비웃는 듯 어깨에 내려앉더니 주변을 내내 맴돌며 귀찮게 한다. 수천 개의 독립된 수정체의 겹눈으로 온 세상을 다각도로 보는 교활한 놈은 반사 신경의 속도가 어눌한 나보다 열 배나 빠르다고 하니 어쩌면 당연한 일인지도 모르겠다.

　피할 수 없으면 즐기라고 했던가. 불결해서 그 존재 자체를 모두 없애겠다는 생각을 내려놓자, 녀석의 실체가 그런대로 괜찮아졌다. 자연의 눈으로 보면 어떤 생명체이건 좋고 나쁜 것이 없는 것 아닌가. 빈 마음으로 보면 선과 악의 개념조차도 시대가 정해놓은 사회의 통념 같은 것인지도 모른다. 녀석은 나만의 공간인 부엌까지 찾아와 계절의 열기로 피폐된 영혼을 자극시키려 했을 듯도 싶다. 지치고 늘어져 끝없이 가라앉는 영혼이 더 이상 게으름의 나락으로 떨어지지 않도록 구제해 주려는 의도인 것도 같다.

녀석은 왜소한 체구이지만 비행할 때면 제법 윙윙 소리를 내며 작은 카리스마를 뿜어낸다. 공군이었다가 육군도 되었다가, 알에서 깨어나서는 해군이기도 했던 녀석이다. 작은 헬리콥터에 올라앉아 일부러 먹이를 공급하지 않아도 어디서건 먹이를 찾아내는 생활력이 강한 녀석임에 분명하다.

타원을 그렸다 직선으로 뻗기도 하며 자신의 한을 살풀이로 풀어내는 녀석. 힘들고 고달픈 삶을 춤으로 토해내는 것인지, 아니면 어쩔 수 없는 삶의 한계를 허공에다 하소연하는 것인지는 알 수가 없다. 미스터리한 선을 대담하게 그어대는 녀석의 춤사위는 예측이 불허해 오묘하기만 하다.

파리는 찬 것과 더운 것, 더러운 것과 깨끗한 것들을 모두 초월했나 보다. 녀석은 잠시 머무는 곳이 어느 곳이든 무엇이든 상관하지 않는 것 같다. 사리 분별과 차별이 끊어진 경계를 몸으로 직접 보여주는 녀석은 어쩌면 한 소식을 득도한 수도승일지 모른다.

신기한 것은 파리라는 녀석이 범죄수사 과정에서 시계로 변신하여 마법처럼 사건의 실체를 해결해 나간다는 것이다. 놈은 탐정 이야기의 셜록 홈즈같이 범죄를 풀어가는 수사관으로 변신한다. 죽은 시체는 그들의 훌륭한 먹잇감이 되기 때문에 방치된 시간에 따라 파리 과의 곤충이 순서대로 모이게 된다고 한다. 기생하는 파리의 종류에 따라 시신의 사망시간이 일기책을 보듯 역추적 된다는 것이다.

게다가 파리는 자신과 먹이사슬로 이어진 생명체의 생존에 도움을 주고 죽은 동식물을 먹이삼아 땅을 정화시키고 농작물을 비옥하게 살찌운다. 전 세계의 파리 종이 10만여 종이 된다고 하니 녀석들의 종류는 인간의 종류보다 더 많다고 볼 수 있다. 지구별의 어머니인 흙을 모두 청소하려면 녀석들의 수는 당연히 많아야 될 듯도 싶다. 곤충학자 크리스토퍼 오툴은『낯선 세계』라는 저서에서, 곤충이 없는 지구는 온통 죽은 동식물로 둘러싸이게 될 것이라고 했다. 그는 파리 같은 곤충은 인간 없이도 살 수 있지만, 인간은 그것들 없이는 살아남을 수가 없다고 서술하고 있다. 온갖 지저분한 것의 온상지라고 볼 수 있는 파리라는 놈이 범의 곤충학의 시야로 보면 위대한 공헌을 하고 있는 셈이다.

좋아하는 것이라면 목숨까지 내던지며 탐닉하다 삼매의 경지까지 이르는 파리, 어찌 보면 놈은 생명까지 팽개치며 삶에 몰두하는 열정파이며 순정파인 듯싶다. 연꽃이 더러움을 순화하여 맑게 피어난 꽃이라면, 파리는 온몸과 영혼을 다 합친 열정으로 삶을 피워낸다. 불꽃처럼 나타나 먹이와 하나가 되는 파리는, 거지의 어깨에 앉으면 거지가 되고 쓰레기 위에 앉으면 쓰레기로 변신한다. 녀석은 낮고 더럽고 버림받은 것과 한 몸이 되어 소통하고 얼싸 안으며 피 같은 정을 나눈다. 게다가 성격이 화끈하다 보니 찰나의 만남에도 목숨을 나눌 동업 중생으로 까지 변신한다.

파리는 주지 않은 것을 탐해서인가, 혼신을 다해 손을 비벼대며 사죄하는 양심가이기도 하다. 하지만 때로는 삼매경지의 절정에서 단호하게 비상하여 집착했던 것으로부터 무심히 벗어날 수 있는 멋진 녀석이기도 하다. 그때의 반짝이는 날개는 탐닉했던 애착에서 벗어나는 출구이며, 달콤한 기억을 무상무념의 경계로 인도하는 입구가 될 듯도 싶다.

생각해보면 때로는 나도 파리가 되어 세상 여기저기를 날아다니는 것 같다. 그놈의 지저분한 속성이 내게도 다분히 숨어있기 때문이다. 구접스레 냄새나는 삶속에서 어두운 눈을 더듬거리며 달달한 먹이를 찾아 비상하는 나. 치사한 날개를 펄럭이다 어쩌다 감미를 발견하면 순간에 자신을 잃고 빠져들어 간다.

원하지 않는 자리에 넙죽 앉아 깨끗지 못한 것에 욕심을 내고 집착하여, 양손을 비비는 파리처럼 창백하고 불안한 영혼은 경련을 일으키곤 했다. 그런가하면 질척대는 그것처럼 벗어나야 할 때 애착의 끈을 놓지 못해, 삶의 어깨를 휘청대기도 했다. 그러다 상황이 악화되면 구겨진 날개를 휘저으며 현실에서 도망치려 때 늦은 비상을 시도하지 않았던가.

순간을 멈추었다 다시 날아오르는 파리들을 본다. 머리를 쥐 뜯으며 지난 일을 후회하는 녀석도 있고, 자신의 시행착오를 되새 기며 손 비벼 용서를 구하는 놈도 있으며, 꿈을 꾸듯 허공에 망상 을 그려가는 녀석도 있다. 그런가 하면 요란한 냄새나는 쓰레기통 에 빠져 그것과 운명을 같이하는 녀석도 있고, 혼자만의 세계에 빠져 구석에만 숨어있는 놈도 있다.

녀석의 한 단면은 어쩌면 우리 삶의 모습인지도 모르겠다. 지저 분한 찌꺼기에 몰입해 쓰레기로 전락한 파리와, 추한 먹이에 빠져 깨끗한 자신의 본성을 던져버린 사람의 삶과 무엇이 다르다는 말 인가. 누구나의 가슴속에는 파리의 속성이 숨어 있어, 자칫하면 파리로 전락될 수도 있을 것 같다. 어리석은 것에 대한 무분별한 집착과 몰입은 파리의 목숨처럼 한순간에 자멸을 초래할 것 같다.

삶은 자신을 지킬 수 있는 생명체만이 소유할 수 있는 것인지도 모른다. 파리라는 녀석은 "너 자신을 알라"는 소크라테스의 말을 증명이라도 하듯 실제 몸으로 보여주는 존재이다. 지저분해서 모 두가 경멸하는 삶을 과감하게 수행하여 그 끝을 보여주는 녀석은 어쩌면 우리 삶에 큰 가르침을 주는 것 같다.

오늘 하루 파리를 쫓아내며 죽이기보다, 그놈에게 고개 숙여 한 수를 배워야 할까 보다.

# 리모델링

김 목수와 함께 어질러진 방을 둘러본다. 방은 칙칙한 불빛 아래 술에 취한 듯 난장판이 되어 있다. 마구 헝클어진 탓에 도무지 정신을 차릴 수가 없다. 삐딱하거나 반쯤 찌그러진 몸으로 창을 덮고 있는 블라인드들이며 들쑥날쑥한 전구들은 외짝 양말들처럼 생뚱맞기만 하다. 천장에는 언젠가 내렸던 겨울비가 얼룩 지도를 그렸는가 하면 부엌의 찌든 싱크대 위에는 어깨죽지 빠진 캐비닛 문들이 힘겹게 매달려 있거나 한쪽 팔이 잘린 채 공중에 엉거주춤 떠 있다.

눈치 빠른 김 목수가 좁은 부엌 벽을 가리키며 묻는다. "이걸 죽일까요? 살릴까요? 원 참 이 집에는 죽일 것이 너무 많아서…. 카운터 탑은 그전 높이대로 살려주고, 고물 싱크대는 죽여 버리고, 오븐 위의 환기통은 그런대로 살려두고…." 그는 뭉툭한 연필로 두꺼운 엑스 마크를 사방에 그려대다 가끔씩 자비라도 베푸는 듯 삐딱한 동그라미를 그려가며 자신의 할 일을 정리해 간다.

공사가 시작되면 김 씨와 나는 어느 것을 죽이고 어떤 것을 살릴 것인가에 대해 깊은 고민에 빠진다. 죽이고 살리는 것에 따라 재료가 달라지고 공사 기간이 변경되며 총 공사비용이 결정되기 때문이다.

오래된 아파트나 연립 주택의 기존 골조를 그대로 두고 내부를 새롭게 고치는 일 리모델링, 어찌 보면 그것은 2주나 3주 사이에 같은 공간에서 일어나는 깜짝 쇼 같은 마술이다. 좁아터져 닭장 같던 취사장이 쿨한 현대식 부엌으로 탄생되는가 하면, 어두컴컴하던 벽장이 뽀얀 샤워 김 오르는 산뜻한 목욕탕으로 거듭나기도 한다. 때로는 부엌 내장이 온통 갈리기도 하고, 벽속에 삭은 파이프 뼈가 새로 이식되는가 하면, 색이 다른 전등알을 부화시켜 공기의 빛깔조차 바꾸는 마술을 부린다. 집이라는 거대한 몸체 안에 장기들의 죽음과 새로운 탄생으로 거듭난 리모델링을 통해 그것은 몇 번씩이나 죽고 살아나며 새롭게 변신한다. 공사에 몰두하다 보니 세상 모든 일이 새로워지려면 리모델링이 필요하다는 생각이 든다.

어느 날이었다. 층계를 힘겹게 오르다 문득 나의 몸도 리모델링이 필요한 것이 아닌가 하는 생각이 들었다. 작달막한 키에다 대책 없이 늘어만 가는 체중이 계단을 오를 때마다 온몸에서 삐꺽거리기 때문이다. 과한 식욕이 낳은 결과물들은 좁은 몸 안에서 힘겹게 부딪친다. 맛에 취하여 과감히 내려놓지 못한 순간의 삶들이 온몸에서 혼란을 일으키는 것이다. 그것은 다리에 까지 부담을 주고 끝내 영혼까지 헐떡거리게 하고 삶을 지탱하는 걸음걸이마저 방향을 잃고 헤매게 한다.

이제 김 목수의 방식대로 동그라미와 X자를 나의 일상에 그어 본다. 정기적인 운동은 커다란 동그라미로 살려주고, 삶이 힘들 때마다 배를 채움으로 보상받으려는 삐뚠 영혼은 X마크로 사라지게 한다. 갈등과 번민이 등나무 줄기같이 엉킨 것이 삶인 것을, 먹이로 영혼을 보상받으려는 동물적 습성은 없어져야 하기 때문이다. 몸의 리모델링을 통해 세포들의 죽음과 삶이 바람직하게 교체되면 언젠가 나의 몸은 새로움으로 반짝일 것이다.

그런가 하면 허점투성이의 나의 삶이 좀 더 실해 지려면 몸을 운전하는 영혼이야말로 리모델링해야 되겠다는 생각이 든다. 육신을 거느리다 그것이 죽어도 사라지지 않고 남아 있는 초자연적인 존재를 혼(魂)이라고 하였을까?

삶을 운전해 가는 주요 핵심이 영혼이지만 잘 관리하지 않으면 쇠를 먹는 녹물처럼 보기 흉하게 녹슬 것이다.

법정 스님은 자신이 초라하고 부끄러워질 때는 자신보다 더 많은 것을 소유한 사람 앞에서가 아니라, 훨씬 적게 가졌어도 그 단순함과 간소함 속에서 풍요롭게 삶의 기쁨과 순수성을 잃지 않는 사람이라고 했다.

삶을 풍요롭게 하는 것은 밖으로 향한 눈이 아니라 안으로 깊어지는 눈인 듯싶다. 자기만이 가진 고유성과 순수함을 찾아내는 영혼의 눈. 들판에 하찮게 핀 이름 모를 들꽃조차 생명의 신비와 삶의 철학을 피우는데, 세상에 단 하나뿐인 생명체의 사람 안에는 얼마나 보석 같은 아름다움이 가득 할까.

영혼의 리모델링을 통해 낡고 부정적인 잡동사니를 모두 내버리고 참신하고 반듯한 마음의 집을 지어 보리라. 하얀 벽장 안에는 인내와 이해를 가득히 채우고, 갈색 마루는 신뢰와 믿음으로 곱게 엮는다. 또 햇볕이 춤추는 창가에는 뜨거운 격려와 작은 일에 감사하는 겸허한 마음이 마구 쏟아지게 하리라. 어둠이 덮히는 밤 온아한 전등불 아래에서는 용서와 화해가 물결치고, 정갈한 부엌에는 언제나 취할 수 있는 때 묻지 않은 영혼의 양식을 가득히 채울 것이다. 하루의 오염된 찌꺼기들은 청결한 마음가짐을 통해 흘려보내고, 안개꽃이 피어나는 샤워 실에서는 혼탁해진 영혼을 맑게 세척해 낼 것이다.

어느 날 삶을 걷다 지친 혼이 잠시 쉬어 갈 양이면 깔끔하게 리모델링된 마음의 집에서 때 묻지 않은 영혼의 차를 한가롭게 나누어 마시고 싶다.

# 누룽지

누룽지에는 수많은 별들이 숨어있다. 가슴 설레는 어린왕자 별도 있고 귀여운 아기별도 있다.

하늘에 있을 법한 수많은 별들이 가마솥 바닥에 아롱다롱 새겨진다. 그래서인가, 누룽지를 씹어보면 작은 별들의 고소한 맛이 입 안에서 맴돈다. 기쁨의 별, 희망의 별, 동화의 별, 누룽지를 먹으며 옛 추억에 잠기는 것은 수많은 별들이 가슴에서 반짝이기 때문일 것이다.

비와 바람과 태양과 흙으로 빚어진 쌀이 밥솥에서 익어가는 동안, 솥바닥에서는 뜨거움을 견디며 새로운 생명체가 탄생된다. 진한 삶을 압축시킨 듯한 누룽지다. 그것은 딱딱한 솥 밑에서 갖은 고난을 견뎌내며 생긴 값진 사리들이다. 바닥에 처져 온갖 풍상을 겪으며 굳어진 그것들은 무수한 고난을 견뎌낸 삶의 모습이다. 그것은 인생이 비록 뜨겁고 힘들더라도 참고 기다리면 그 열매는 달고 고소하다는 것을 말해주는 듯하다.

잘려진 누룽지들은 제각기 다른 영혼의 모습을 하고 있다. 검게 탄 흑인의 모습도 있고, 하얗게 변색된 백인의 낯빛도, 있고 누렇게 익은 황인의 얼굴도 있다. 그런가 하면 잘린 모습마다에는 각각 다른 우주도 담겨 있다. 갸름한 그믐달도 있고, 넓은 강도 있고, 밝고 둥근 해도 있다. 그것을 씹으면 어쩐지 구수하고 친근감이 느껴지는 이유는 온갖 자연이 그 안에 들었기 때문일 것이다.

어린 시절 저녁밥이 뜸 들고 고슬고슬한 누룽지가 긁어지질 즈음이면 형제들 사이에서는 그것 때문에 쟁탈전이 벌어졌다는 이야기를 남편에게서 들었다. 시할머니는 그것을 먹으면 머리가 나빠진다고 나무라시면서도, 남몰래 남편에게만 노릇노릇한 누룽지를 주셨다고 한다. 시할아버지를 제일 많이 닮았다며 남편을 편애하시던 시할머니, 바삭바삭한 누룽지에 서린 할머니의 사랑 맛은 고소하면서도 달콤했으리라.

박박 간지럼을 태우면 바시시 일어나는 누룽지다. 누웠다가도 긁어주면 신명이 나는지 춤을 추듯 몸을 일으킨다. 누룽지는 가마솥 바닥에서 구워졌기에 솥 바닥의 철 성분이 많이 묻어있어 철분이 풍부하다. 아이들이 특히 좋아하는 이유는 아마도 계절 따라 더 많은 철이 들어야 하기 때문일지도 모른다.

밥을 지을 때, 쌀이 끓으며 물을 모두 흡수하고 나면 솥바닥에는 거의 물이 남지 않는다. 하지만 솥바닥이 계속 고온을 유지하

게 되자 바닥의 밥알들은 '아미노카보닐 반응'에 의하여 갈색으로
변하며 휘발성의 '카보닐 화합물'을 생성한다. 이것이 누룽지인데
그 구수한 내음이 밥에 스며들면 밥맛을 더 좋아지게 만든다고
한다.

누룽지의 변신은 무죄다. 누룽지에 물을 부어 끓이면 눌은밥이
되고, 그 국물을 숭늉이라 하여 구수한 맛이 일품이다. 짠맛이
많은 한국 음식을 먹고 나면 산성이 높아지는데, 포도당이 녹아있
는 숭늉은 산성을 알칼리성으로 중화시켜 주는 동시에 소금기 가
득한 입 안을 개운하게 해준다. 그릇에 따라 그 모습이 달라지는
겸손한 물같이, 누룽지는 어떤 처지든 감내하는 초가집 에 시집
온 소박한 며느리를 닮았다.

어느 날 냉장고에서 마른 누룽지를 무심코 깨물다가 깜짝 놀랐
다. 마르다 못해 딱딱하게 굳어져 도저히 씹을 수가 없는 것이다.
누룽지는 밥의 미라가 된 듯 무엇도 발이 들어서지 못하게 변해
버렸다. 맑은 영혼도 이처럼 변하면 누구도 들어서지 못할 만큼
빡빡하고 딱딱해지는 것일까. 누룽지에 물을 붓고 따뜻이 덥혀주
자 맺혔던 한들이 어느새 바르르 풀리는지 보드라워진다. 굳게
잠긴 영혼의 문도 따뜻한 가슴으로 푸근한 온정을 베푸는 것이
그 해답인가보다.

누룽지는 솥 밑바닥에 딱딱하게 굳은 밥의 찌꺼기일지도 모른
다. 그래서인가, 그것은 팽팽했던 아집이 모두 빠져나간 할머니

같기도 하다. 누룽지를 먹으면 마음속 깊은 곳까지 푸근하게 되는 이유는 할머니의 구수함이 맛과 향에 그대로 배어 있어서인지도 모른다. 하지만 찌꺼기가 얼마나 중요한 것인가. 찌꺼기는 새로움을 재탄생시키는 원동력 아닌가. 한약 찌꺼기가 대추나무의 열매로 새롭게 거듭나듯, 어쩌면 누룽지는 또 다른 삶의 새로운 생명으로 탄생될 것이다.

누룽지만큼이나 삶속에서 야무지고 쓸모 있게 눋을 수 있을까. 솥 밑바닥의 그것처럼 인생의 밑바닥에서조차 자신의 주제를 파악하고 침묵하며 몸을 낮추는 누룽지. 그것은 삶이 뜸들 때까지 온몸으로 참아내며 끝내는 자신이 타 들어간다 해도 참고 때를 기다릴 줄 안다. 게다가 누룽지는 수시로 변하는 삶속에서 어떤 식의 탈바꿈도 쉽게 수용할 줄 안다.

뜨거운 삶의 열기를 견뎌내며 꿋꿋이 자신의 자리를 지켜낸 누룽지. 그것에는 밥솥 밑바닥에서 솥 밥 전체를 품어주며 순리를 포용할 줄 아는 넉넉함이 내재되어 있다. 게다가 딱딱한 누룽지는 소박하게 물에 말아 먹거나 기름에 튀겨 바삭바삭한 과자로 먹거나 자신이 어떻게 변하듯 한 가지만을 고집하지 않는다. 건조하고 압축되어 있어 보관과 휴대가 편한 누룽지는 그저 물을 넣고 탕으로 끓여 누군가의 허기를 채워주거나, 별식으로 잠시의 즐거움을 주는 것만으로 만족해한다. 자신의 존재를 굳이 요란스럽게 내세우려도 하지 않고 주어진 삶을 소탈하게 수용하는 것이다.

메마른 영혼은 가냘픈 날개를 달고 어린 시절로 날아간다. 부뚜막에서 언니와 함께 앉아 오순도순 나누어 먹던 누룽지 맛이, 다정하던 옛 얘기와 함께 구수하게 가슴에서 맴돈다. 할 일없이 동네 골목을 어슬렁대다, 늦은 오후 까만 가마솥에서 긁어낸 따뜻한 누룽지에 빠져 한낮의 무료함을 잊을 수 있었던 나. 오늘따라 바삭바삭하게 눌은 누룽지가 그리워진다. 옛 추억이 아름답게 칠해지는 이유는 노릇노릇한 누룽지에는 다시 오지 못할 시간들이 새록새록 새겨져 있기 때문일 것이다.

어느 때든 찾아가 가마솥 솥뚜껑에 매달려 어머니가 막 긁어낸 바삭한 누룽지를 먹던 고사리 같던 추억이 마음 한 편에 저장되어 있다. 어쩌면 고향은 오렌지 빛 기억들이 아름답게 저장되어 있는 따뜻한 가슴일 것 같다. 시간도 공간도 모두 사라졌지만 나의 영혼 한 구석에는 아직도 따뜻한 누룽지가 고슬고슬 눌어 가고 있다.

# 마네킹

쇼윈도 안에 예쁜 여자들이 나란히 서있다. 화사한 얼굴에 잘 매만진 머리 모양이 매끄럽기만 하다. 반짝이는 오렌지 불빛 아래 길고 까만 마스카라는 무척이나 고혹적이다. 도발적인 매니큐어에 값비싼 옷을 걸친 여인은 부러움을 한 몸에 받고 있다.

입혀주는 옷에 손을 올리기도 굽히기도 하며 몸을 맞춰주는 매력적인 여자. 사랑이 넘치는 그녀의 표정은 뭇 시선을 끌어들이는 마력을 지녔다. 숨을 쉬지 않는 그녀는 불평도 욕심도 없이 공간을 지킬 뿐이다. 마력의 여인은 삶이 없는 유사 인간 마네킹이다.

마네킹(mannequin, 몸 틀)은 화실의 인체 모형이나 옷 가게에서 옷을 입혀 진열하는 실물 크기의 인형이다. 여인들의 가슴에 내재된 아름답고자 타오르는 욕망을 반사시킨 거울 같다고나 할까. 매혹적인 마네킹은 팜므파탈의 얼굴로 가슴마다에 숨은 불같은 이브의 욕망에 불씨를 지피고 있는 듯싶다.

키며 얼굴 모습은 사람과 비슷하지만 마네킹에는 살아 숨 쉬는 영혼이 빠졌다. 생존하지만 참된 혼이 실종되었다면, 그것은 영혼이 없는 마네킹과 다를 바 없을 것이다. 불의나 비리를 보고도 할 말을 못하고 애매한 표정이나 짓는 사람은 삶이 없는 마네킹과 무엇이 다르단 말인가. 놀라운 것은 숨 쉬는 마네킹도 사고팔기가 가능하며 때로는 생명이 없는 마네킹보다 그 영혼이 더 헐값으로 매매된다는 것이다. 둘러보면 혼이 증발된 채 생존하는 마네킹은 세상 도처에 널린 것 같다.

나도 어느 순간에 마네킹으로 변신한 적이 있다. 거리의 상가 앞이나 바쁜 길목의 텐트에서 거주하는 거지들 때문이다. 같은 인간으로 보기에도 딱하고 무색하기만 한 걸인들이다. 그들은 무슨 이유로 길에서 노숙을 하게 된 것일까. 그들을 보면 무릎을 꿇고 사연을 들어야 할지, 걸인의 게으름을 탓해야할지 아니면 세상이 힘들어 미안하다고 사죄를 해야 할지를 모르겠다. 순간적으로 수많은 생각들이 머리를 스쳐가지만 꼭 집어서 무엇을 어떻게 해야 할지를 모른다. 이럴 때면 나도 모르는 사이 혼이 사라진 마네킹으로 변신한다. 세상에 존재하지만 고유의 판단력과 사고력이 마비된 마네킹으로 전락되는 것이다.

사람들이 마네킹을 바라본다면, 마네킹도 우리의 삶을 들여다 볼 것이다. 보호구역을 벗어나게 한 사자를 죽여 자랑스럽게 그 가죽을 걸치고 사진을 찍는 사람과 격심한 풍랑으로 조난당한 사람들을 모두 남긴 채 자신만 도주하는 배의 선장을 마네킹은 무엇이라고 정의 내릴까. 그런가 하면 늙은 부모를 살해하고도 뉘우침 없이 당당한 아들이나 처자식이 딸린 유부남과 불륜을 저지르는 유부녀의 당당한 행위를 뭐라고 말할까. 매일 아침 신문 기사에 실리는 있어서는 안 될 기막힌 사연들. 마네킹은 세상에 추한 얼룩을 만드는 영혼이 실종된 사람들보다는 혼이 없는 자신들이 훨씬 순수하다고 말하지 않을까. 어찌 보면 마네킹은 인간보다 훨씬 더 인간적일지도 모르겠다.

나는 어떤 부류에 속할까. 혹시 생존경쟁에서 남보다 앞서가기 위해 절대적인 순간에 살아있는 영혼을 실종시키는 비굴한 마네킹으로 변신하는 것은 아닐까. 종종 나는 정직한 삶을 흉내만 낼 뿐 상황에 따라 진실된 영혼이 사라진 가짜 인생을 펼치고 있는지도 모른다. 그리하여 어느 날 온 몸이 분해되어 지저분한 뒷골목 어딘가에 버려질 마네킹으로 전락되는 것은 아닐지 걱정스럽다.

마네킹은 슬픈 형색과 기쁜 얼굴을 합친 이해하기 어려운 표정을 짓고 있다. 낯설음과 친숙함을 동시에 소유한 마네킹. 어쩌면 그것은 삶의 모습일지도 모른다. 인생은 희비애락이 겹겹이 얽힌 복합적인 여정이기 때문이다.

유사 인간은 서 있기도 하다 앉기도 하고, 눕기도 하다 엎드리기도 하며 우리의 삶을 흉내 내고 있다. 부드러운가 하면 거친 포즈이고, 여성적인가 하면 남성적이기도 하다. 사람을 닮은 것이 죄일까, 마네킹은 겉모습뿐 아니라 운명까지도 인간을 닮은 것 같다. 반짝이는 새 마네킹이 고급 백화점 안에 화려한 옷을 걸치고 우아한 미소로 보라는 듯 포즈를 취하고 있는 반면, 낡은 마네킹은 뒷골목으로 밀려나 싸구려 옷가지를 걸치고 억지미소를 짓고 있다. 그런가 하면 손과 발이 분리되어 쓰레기장에 폐기 처리된 마네킹은 기능이 다하자 사회에서 폐기되는 우리의 삶과 같지 않은가.

어떤 더미 마네킹은 교통사고가 났을 때 우리에게 닥친 불행한 상황을 재현하기 위해 만들어졌다. 이들은 수명이 다할 때까지 수리와 재활을 거듭하며 수많은 자동차 사고를 겪어내야 한다. 인간의 짝퉁인 더미가 받아들여야 할 기구한 운명이다. 상황을 끝내고 힘없이 앉아 있는 이들의 모습은 어쩌면 나 자신에게 닥쳐올 아픔인 것도 같다.

살았지만 죽은 듯 사는 인간과, 죽었지만 산사람 역할을 해내는 유사 인간. 어찌 보면 마네킹은 삶과 죽음을 오가며 인생의 모습을 보여주는 우리의 자화상일지도 모른다. 그것은 사람보다 더 사람처럼 자리하며 사람임에도 인간답지 못한 우리의 모습을 지적하면서, 우리의 삶을 돌아보게 한다.

# 키

또 1번이다. 방학이 끝나 새로운 학년으로 바뀌며 새 담임선생님과 반 아이들이 정한 번호다. 공부를 최고로 잘했거나 리더십이 최상이거나 예능에서 첫 번째가 아니다. 키가 제일 작아서 붙여진 번호다. 발바닥에서 머리끝까지의 몸길이가 60명 중 첫 번째로 작아서 붙은 넘버원이다.

긴 뱀이 몸을 흐느적거리며 땅에 삐뚤삐뚤 자취를 남기듯, 기다란 줄은 1번에서 60번까지 낮은 키 순서대로 조심조심 이어졌다. 첫 만남의 시작은 새 친구의 낯선 이름보다 키 높이 확인에서 시작되었다. 고만고만한 아이들은 비슷한 키를 가지고 턱을 살짝 높여 자신의 키를 약간 키우기도 했다, 좋아하는 친구와 짝꿍이 되려고 방학 동안 자란 무릎을 슬그머니 굽혀 낮추는 아이도 있었다.

구르는 낙엽만 보아도 까르르 웃음이 터져 나오는 사춘기가 아니던가. 자리가 정해지는 첫날은 기차가 하얀 연기를 흠뻑 흠뻑 뿜으며 달리듯, 60명이 만든 기차 칸 사이마다에는 티 없이 맑은 웃음들이 함박꽃처럼 터지며 하늘같은 푸른 가슴을 가득 채웠다.

언제부터인가 1번인 나는 60번인 선아와 등하교 길을 같이했다. 그 애 집이 나와 같은 충무로 쪽이었기 때문이다. 높은 곳이 잘 보이지 않아 겁 없이 당당했던 땅꼬마인 나와 하늘이 가까워진 탓에 작은 바람에도 영혼과 몸이 자주 흔들렸던 긴 장대 같은 선아였다. 뒤에서 보면 짧은 젓가락과 긴 젓가락의 조합처럼 어설픈 배합이었지만 그런대로 우리는 잘 어울렸다. 짧고 길기에 잘 맞았던 선아와 나. 키만큼 눈이 컸던 선아가 언제나 내 주변을 맴돌며 모든 것을 의지한 것이 또 하나의 이유였다.

생각해보면 큰 키와 작은 체고(體高)에는 소리가 들어있다. 피아노 건반을 누르면 높고 낮은 음들이 흥겹게 춤을 추듯, 사람의 몸높이에도 고저의 음들이 들어있는 것 같다. 자신의 키보다 낮은 음을 만나면 그것은 어느새 높은 소리가 되고, 더 높은 음률을 만나면 그것은 자연스레 낮은 선율로 되어진다. 높고 낮은 피아노 음에 좋고 나쁜 것이 없듯이 사람의 키도 마찬가지인 듯싶다. 고저(高低)의 음률들은 어느 것 하나 절대적인 것은 없지 않을까. 다만 서로가 다를 뿐이다. 때로는 서로 다른 소리들이 만나 환상적인 시너지 효과를 내기도 하지만, 때때로 만나면 안 될 음들이 만나 견디기 힘든 불협화음을 만들기도 한다. 중요한 것은 피아노 음반의 높은 소리와 낮은 음향이 어울려 아름다운 음악을 만들듯, 낮고 높은 키의 사람들이 만들어가는 수려한 하모니다.

언제부터인가 성장하는 키에는 책임이 있다는 것을 알게 되었다. 나보다 몇 살 어린 옆집 개구쟁이 철이가 어느 날 시무룩하게 문을 두드렸다. 보통 때와는 다르게 자기보다 긴 키를 머리에 쓰고 침통한 표정을 짓고 있었다.

사태를 눈치 챈 어머니는

"아유, 이렇게 컸는데 아직까지 오줌을 싸면 어쩌누."라며 주변 모두가 들으라는 듯 큰소리로 푸념을 하셨다. 그러자 창피한 탓에 눈도 마주치지 못했던 철이가 몸 둘 바를 모르며 당황하는 것이다. 어머니는 부엌에서 하얀 소금 한 움큼을 바가지에 퍼왔다. 그리고는 푸닥거리 무당이 쌀을 퍼붓듯, 철이가 쓴 키를 향해 야멸치게 소금을 뿌렸다. 잠시도 가만히 있지 못하는 철이가 밤새 자신도 모르는 사이에 세계지도를 이부자리 여기저기에 그렸나 보다. 그 날 옆집 빨랫줄에는 부끄러운 이불과 요가 창피한 듯 뙤약볕 아래 벌을 서고 있었다.

철이 머리 위에 씌워졌던 키는 아이 대신 모든 책무를 덮어썼다. 소금 세례로 매를 맞은 것도, 못쓸 비난을 받은 것도 모두 그것이었다. 그것은 아이가 소금으로 얻어맞지 않게 방파제 역활을 하며, 넓고 평평한 앞쪽의 키질로 철이 가슴에 얼룩질 뉘와 쭉정이를 모두 날려 보냈다. 키는 바른 성장에 올곧은 낟알만을 고르고 성장통이 만들 부작용을 착하게 걸러준 것이다. 소리와 글자는 같지만 가을 곡식을 갈무리하는 키는, 철이 영혼의 몸높이 성장을 간수하기 위해 그 몫을 걸머졌다. 고리버들이나 대 하나씩을 납작하게 얹어 만든 작은 키지만 옹골차게 책임을 완수한 것이다.

이제 몸길이가 자랄 나이가 지난 나의 신체는 성장을 멈추었다. 키가 60명 중에 첫 번째이던 나는, 삶 속에서는 몇 번째 순번을 자리하고 있을까. 만족스러운 앞자리 어디쯤일까 구석지게 처진 뒤 켠 어디일까. 앞으로 가야 할 여로보다 걸어왔던 여정이 길어 인생의 뒤안길에 처져있는 나. 생각해보면 짧은 몸길이에 매달려 고민하던 시절이 지나가자 영혼의 몸높이를 고심해야 할 때가 된 것 같다. 세월의 키가 눈금을 더해져 아기 때부터 자라나기 시작한 몸길이는 이제 보이지 않는 영혼으로까지 그 성장을 이으려나 보다. 어찌 보면 키는 삶이 있는 한, 보이는 곳에서 시작해 보이지 않는 곳으로 멈추지 않고 성장해갈 듯싶다. 철이 들어간다는 것은 생이 다할 때까지 영혼의 몸높이가 쉬지 않고 숙성되어 간다는 의미일지도 모른다. 어린 시절 키로 첫 번째 이었던 나는, 가치 있고 살진 삶을 만들어 다시 인생의 첫줄에 설 수 있도록 혼의 체고를 부지런히 늘려야 할까 보다.

# 틈

여린 풀이 바람결에 하늘거린다. 한줌 햇살도 발 디디기 힘든 좁은 시멘트 틈이다. 하지만 그곳은 풀이 자신을 드러낼 수 있는 유일한 공간이다. 틈은 좁지만 연한 풀에게는 온 세상인 듯싶다. 촉촉한 비와 착한 바람이 지나는 그곳은 풀의 자궁 같은 곳인지도 모른다.

빌딩과 빌딩 사이는 틈으로 이어졌다. 틈은 내 것과 네 것 사이의 경계이자 비움의 공간이다. 완벽한 법칙과 논리 끝의 빈 공간이어서인지, 세상 물결에서 뒤처진 영혼들이 잠시 쉬었다 가는 곳이기도 하다. 사람들은 세상 시선을 피해 담배를 피우기도 하고 걸터앉아 지친 영혼을 추스르기도 한다.

틈은 쉼표다. 빡빡한 물질문명 사이를 흐르는 바람처럼, 틈은 숨 막힌 빌딩숲 사이에서 메마른 영혼을 적셔주고 순간의 여유를 찾게 하는 곳이다.

하늘 끝자락과 건물이 맞닿은 틈에는 욕망의 간판들이 줄을 잇는다. 그것은 갈증 난 인간의 온갖 욕구를 채워줄 듯 첨단 예술로 온몸을 장식하고 줄지어 선 환상의 표식들이다. 아트와 문화가 합작되어 만들어진 간판들은 하늘과 건물의 틈새에서 인간 욕구에 길잡이를 하느라 각기 다른 이름표들을 달고 서 있다.

그런가 하면 한쪽 공중의 틈새에서는 파격적인 동영상 자막이 질주를 하고 있다. 타박상을 입은 어제의 세상과 삐꺽대는 오늘의 뉴스가 허공의 틈새를 타고 따끈따끈하게 세상에 전달된다. 거들떠보지 않던 하늘 한쪽의 틈새는 세상과 만남의 장이 되고 소통의 길로 열리는 것이다.

하루가 기울어 거대한 빌딩에 문명의 불빛이 사라지면, 빌딩의 틈은 세상을 등진 인간들의 삶의 터전으로 변신한다. 첨단 문명에 뒤진 지극히 동물적인 모습의 걸인들에게 하룻밤의 숙소로 바뀐다. 하루의 비즈니스가 끝나 누군가에게는 쓸모없는 공간이, 다른 누군가에는 간절한 삶의 터전이 되기도 하는 것이다.

동물 이하로 변신한 인간은 온갖 질서와 원칙으로 맞춰진 현대 문명을 조롱하는지도 모른다. 아니면 자본주의가 만든 부의 불공평 분배를 지적하고 있는지도 알 수 없다. 거창한 도시를 지배하는 철저한 논리와 질서이지만, 구멍 난 작은 틈으로 도시는 힘겹게 숨을 쉬고 그 좁은 틈 속에서 사람들은 나름대로의 삶을 표현하고 있다.

나는 틈에서 생겨났다. 말없는 아버지와 말 많은 어머니의 틈새에서 태어났다. 남과 북이 격돌하는 6·25 사변의 틈새에서, 육남매의 틈서리에서 태어난 나. 부산 영도다리의 틈바구니에서 나왔다고 형제들 사이에서 놀림을 받았지만, 그 틈새에서 나는 용케도 살아남았다.

어쩌면 틈은 나의 근원이고 나를 둘러싼 세상인지도 모른다. 틈이 있기에 생겨났고 틈새 사이에서 숨을 쉬며 살고 있는 것도 같다. 나에게 틈은 누구도 침범할 수 없는 경계이자 때 묻지 않은 공간이며 새로운 영혼으로 끊임없이 변신할 수 있는 나만의 세계이다. 산골짜기에 수만 개 틈인 샘물이 만나 바다를 이루듯, 수많은 틈과 틈 사이에서 나의 삶은 창조되었고 진화되었다.

화산구는 화산 머리에 생긴 틈새이다. 그 틈에서는 대자연이 토하는 불의 심장인 마그마가 거대하게 뿜어진다. 화산의 틈새는 내부를 폭발적으로 분출시켜 압력을 중화시키는 중요한 분출구다. 마찬가지로 내 가슴속에 꿈틀대는 용암 덩어리도 입이라는 틈을 통해 매순간 언어로 분출되는 듯싶다. 틈서리인 입은 보이지 않는 뜨거운 내부를 유출시켜 끓어오르는 응어리들을 해소시키는 중요한 분출구다.

그런가 하면 사람과 사람 사이, 마음과 마음 사이에도 틈이 있는 것 같다. 그것은 인격체 사이로 난 보이지 않는 길이다. 틈은 '벌어져 사이가 난 자리'이다. 큰 둑이 작은 틈새가 벌어져 무너지듯, 사람 사이도 사소한 틈의 오해와 갈등으로 좋은 관계가 무너질 수 있다. 사람 사이의 회복하기 힘든 틈은 상실과 갈등을 의미하기도 한다.

하지만 절친한 사람 사이의 틈은 넓을수록 좋은 듯싶다. 틈새가 클수록 관계가 싱그러워지는 것은, 틈은 인격체와의 경계 사이에 존재하는 여유이기 때문이다. 넉넉한 돌 틈 사이의 샘물이 더 활기차듯, 너와 나 사이에도 때로는 알아도 모르는 듯 넘어가는 여유가 존재하기 때문이다.

사랑하는 사이의 풍요로운 틈새에는 신선한 바람과 아름다운 꽃이 철 따라 피어날 것이다. 하지만 사랑이라는 이름으로 너와 나의 경계가 사라진다면 여유라는 틈은 질식해 버릴 것이다. 사람과 사람 사이의 관계는 틈에서 시작되어 틈으로 끝나는 것 같다.

틈은 시간이기도 하다. 잠깐 남는 여유 시간이다. 틈새는 일과 일 사이로 가능성을 향해 에너지를 모으는 시간이다. 사람들은 틈을 통해 삶의 즐거움을 맛보며 때때로 그 의미를 찾는다. 찰나의 틈이지만 영원을 느낄 수만 있다면, 틈은 영원으로도 통한다. 그러기에 틈의 길이는 찰나이기도 하고 무한대이기도 하다.

좁은 공간에서 온 세상으로 변하기도 하는 틈은, 공간과 시간과 영혼에까지 잠입하며 삶의 여기저기에서 그 실체를 드러냈다. 틈은 삶에 여유를 주는 원동력이며 휴식이며 활력이며 희망이다.

# 그라지 세일(Garage Sale)

아침에 일어나 보니 맞은편 집 앞에 웬 사인이 붙어 있다. 이웃을 방문한다는 생각으로 잠시 들렀다. 그곳에서는 그라지 세일을 하고 있었다. 그라지 세일에서는 딱히 무엇을 산다기보다는 자질구레한 일용품이나 잡동사니를 뒤적이며 남의 집 속내를 들여다보는 재미가 제법 쏠쏠하다. 마주보는 집이라 어떻게 살고 있나 늘 궁금했는데 들여다볼 절호의 기회를 맞은 것이다.

주인의 푸른 눈빛 같은 수영장에는 하늬바람이 종종걸음으로 스쳐갔고 햇볕은 반짝이는 은빛으로 하루를 수놓고 있었다. 수영장 주변 테이블마다에는 소소하지만 깨알같은 살림살이들이 자신의 몸 여기저기에 손때 묻은 세월을 내보인다.

주인이 외국 사람이어서인지 그곳에는 클래식하고도 고풍스러운 러스틱 앤티크(Rustic Antique)들이 많았다. 한 쪽으로는 LP 레코드가 돌아가는 옛 전축이 자리를 지키고 있고 다른 한쪽으로는 작은 교회당에나 있을 법한 낡은 풍금이 운치 있게 진열되어 있다. 그런가하면 출렁이는 파도 위에서 아슬한 곡예를 펼치던 썰핀 (Surfin)도 씩씩한 물개처럼 자리 잡고 있었다. 진열된 물건들은 캘리포니아에 섞여 사는 여러 민족들처럼 각양각색이다. 그곳에서 노래하는 엘비스 프레슬리 인형이 얹혀진 전화와 술을 담는 크리스털 병을 두 개를 샀다.

부부는 다섯 살짜리 아들과 함께 일년 간 캘리포니아 북부를 여행하려 한다고 했다. 집을 세놓으려 웬만한 물건들을 정리하는 중이었다. 주인은 자신의 과거를 그라지 세일을 통해 헐값에 팔아 넘기고 미래의 행복을 찾아 나서는 파랑새 같았다. 삶에서 누적된 깨알 같은 노폐물을 떨이 값으로 씻어버리고 자유로운 꿈을 향해 미지의 캘리포니아 북부로 날아가는 한 무리의 아름다운 유랑 새가 되는 것이다.

그라지(Garage)는 '차고'라는 뜻이다. 차고는 차만 두는 곳이 아니라 아까워 버리지 못한 물건을 간직해 두는 곳이기도 하다. '그라지 세일'은 그곳에 쌓아 두었던 물건들을 이웃 사람들에게 파는 것이다. 대부분 차고 앞에 물건을 내놓는 경우가 많아 '그라지 세일'이라고 하고 마당을 이용할 때는 '야드 세일'이라고도 한다. 그라지 세일에 나온 물건들은 가족들의 케케묵은 역사를 기록하고 있거나 주인의 한때 취미까지도 상세히 기술한 채 마당에 널브러져 있다. 매력적인 것은 중고품들이기에 가격이 거의 버리는 값이라는 점이다.

그라지 세일에서 건진 물건 중에는 구하기 힘든 것도 있고 가끔 대박이 나는 경우도 있다. 개인 중고 판매인 그라지 세일에는 온갖 희비애락의 인생사가 교차되기도 한다. 10불에 샀던 유명 작가의 진품이 먼지를 털고 포장되며 백만 불에 팔리는 뜻밖의 횡재를 맞기도 하고, 폐품이라 생각되어 단체에 기증했던 것이 상상도 못할 높은 값에 팔리는 바람에 때 늦은 후회를 하는이도 있다. 헐값에 버려졌던 예술품이 진품으로 판명되면서 세월의 값을 보상받는 것이다. 그라지 세일은 이렇듯 생각지도 못한 기쁨과 씁쓸한 안타까움으로 삶을 교차시킨다. 진품만이 세월의 값을 인정받듯 어쩌면 삶도 진실 된 인생만이 세월의 가치를 인정받을 듯싶다.

쓸모없는 물건들이 그라지 세일에서 판매된다고 생각하자 문득 낡은 '나'를 내놓으면 어찌 될까 궁금해졌다. 세일에 나올 '나'에 대한 설명은 아주 복잡해질 것 같다. "심성은 착한데 감정에 솔직하고 한번 생각이 고정되면 힘센 노새처럼 변경시키기가 힘들다. 재주는 없지만 잔잔한 일이나 대번한 일에 최선을 다해 열심히 하려고 한다." 설명은 끊이지 않고 계속 붙여질 것이 같다.

생각해 보면 세일에 나온 나를 무료로 가져가라고 해도 망설일지도 모르겠다. 늙어갈수록 기능이 떨어져 쓸모가 없을 뿐더러 몸의 유지비만 늘어가는 것이 그 이유이다. 한창의 나이가 지나

한물 간 나는 구닥다리 암탉으로, 기능도 시들하고 아기자기한 살림살이에도 흥미를 못 느끼는 낡고 녹슨 빈계(牝鷄)이기 때문이다. 언젠가는 지난 세월을 보여주려 고물상 한구석에 진열되어 있을 법한 골동품처럼 점점 퇴색되어가는 내가 아닌가.

그래도 다행스러운 점은 몸은 늙었지만 푸근한 사랑을 줄 수 있는 넓은 가슴과 남을 이해할 수 있는 영혼이 자라기 시작했다는 것이다. 젊어서는 도저히 이해할 수 없던 일도 "그럴 만한 무슨 이유가 있겠지."라는 작은 목소리가 언제부터인가 들리기 시작했다. 팽팽했던 세월 위에 인생이 만든 크고 작은 주름은 몸을 낡고 시들게 했지만, 영혼은 어느새 삭아지며 숙성된 삶의 장맛을 내는 것 같다. 숙성된 장맛이 그렇듯이 세상의 무슨 일과 섞여도 제 맛을 지키려 하고, 어떤 사람과도 조화를 이루어 매운 세상을 부드럽게 하려 애쓰며, 비리고 기름 낀 세상을 정화시키려 노력한다. 묵을수록 좋다는 장맛같이 혼도 세월과 함께 숙성되어 가는지 인생의 맛을 좌우하는 기본 장맛의 구실을 잃지 않으려 애를 쓴다.

셰익스피어의 작품 '베니스의 상인'에서는 악덕 고리대금업자가 돈 지불 할 날짜를 어겼다는 이유로 선량한 안토니오의 살 일 파운드를 심장 가까이에서 떼어내기를 고집했다. 지독한 고리대금업자 샤일록은 사람 몸의 살을 돈으로 계산해 낸 것이다.

하지만 따뜻한 가슴의 사랑과 숙성되어 가는 영혼을 어느 시대

의 누구이건 어떻게 값으로 따질 수 있단 말인가. 그라지 세일에
서 받아야 할 깊은 영혼의 값은 그 가치를 따질 수 없는 것이기에
낡은 물건으로 전시될 '나'는 종목에서 빠져야 될 것 같다. 보이는
모든 것을 팔수 있지만, 보이지 않는 것은 매매할 수 없는 것이
그라지 세일이기 때문이다.

3

벤치

벤치는 생각할지 모른다, 삶은 바다가 순간순간 만들어낸 수많은 파도 중에 하나일지도 모른다고 결국 생명체의 삶은 자연 속에 태어나 그것과 하나되어 살다가 언젠가는 자연으로 돌아가는 것이라고.

누구나의 가슴속마다에는 작은 벤치가 있을 것 같다. 조용하고 고적하게 자리 잡아 주위가 고요해지면 앉아서 쉴 수 있는 작은 의자, 편히 앉아 긴 숨을 내쉬기도 하고 힘든 삶을 잠시 멈추기도 하는 곳이다. 때로는 하루를 감사하기도 하고 또 지난 삶을 반추하기도 하며 인생의 의미를 사색하는 곳이다.

# 슈레더

화난 맹수다. 험악하고 뾰족한 이빨들을 살벌하게 맞문 채 눈을 곤두세우고 있다. 어떤 생명체든 입으로 들어오기만 하면 날카로운 이빨로 곧 작살을 내버릴 듯하다. 곤두선 이빨에 종이 한 장을 물리자 단번에 갈가리 조각을 낸다. 무서운 세상 이야기가 가득 실린 종이지만 그것의 입 안에 들어가면, 침 한 번 삼킬 사이 요절이 나고 만다. 구석에서 숨죽이며 침묵을 지키던 평소와는 달리, 가슴에 빨간 불만 켜지면 맹수로 변하는 분쇄기 슈레더다.

컴퓨터 옆에는 야수 슈레더 한 마리가 살고 있다. 때로는 걷잡을 수 없이 흉악하고 독한 것이 삶인지라, 포효하는 야수 한 마리 정도는 집 한쪽에 배치해 두어야 안심이 되어서다.

며칠 전 슈레더를 샀다. 슈레더(shredder)는 '종이 분쇄기' 또는 '파쇄기'라고도 하며 비밀 서류나 폐품 종이 등을 잘게 잘라 처리하는 기계다. 이빨이 갈라지고 문드러진 저번 것에 비해 몸체가 크고 최신형이어서 힘이 몇 배나 더 세게 보인다. 이번 녀석은 험한 톱니 이빨이 노골적으로 드러나지 않고 입을 점잖게 다물고 있어 생각이 깊고 품위를 지키는 맹수 같다.

웬만한 문서들은 손으로 북북 찢어 그 내용들을 없앴다. 하지만 십 년 전부터 캐비닛 한 귀퉁이에 빚쟁이처럼 쭈그리고 앉은 세금 보고서들과 온갖 환자의 신상 내용들은 그 양이 보통이 아니었다. 누군가 눈여겨보면 도용하기에 딱 좋은 서류들이었다. 맹수 슈레더는 그것들을 처리하기 위해 집에서 사육되기 시작했다.

서류마다 꽂혀있는 머리 한쪽의 스테이플을 빼고, 하루 종일 분쇄기를 돌린다. 쏟아져 나오는 옛 서류들은 찢어지고 갈라지며 원래의 얼굴이 무엇인지도 모르게 산산조각이 난다. 괴성을 내며 게걸스럽게 서류를 먹어대는 그놈은 과거와 현재 그리고 미래까지 모두 갈아내어 해치운다. 개인정보가 담긴 중요한 서류들이 이제는 그놈의 한때 먹잇감에 불과할 뿐이다.

사각사각 스트레스가 잘려 나가는 소리가 난다. 커다란 스트레스 덩어리가 잘게 부서지며 조각이 난다. 고액의 고지서나 불평등한 듯 높았던 세금 용지들이 좌살나며 떨어진다. 생명이 끊어진 스트레스의 분신들을 보고 있으면 뭉쳤던 무언가가 풀리는 듯하다. 무의식에 숨어있어 해결되지 않던 삶의 응어리들과 찌든 영혼의 때들이 조각나며 사라지기 때문일 것이다.

무소유의 본질은 모든 집착을 버리고 소유욕에서 자유로워지는 것이다. 슈레더 녀석은 자신의 입으로 들어온 모든 것을 본능적으로 자르고 오려내 세상을 비워내고 있는 것 같다. 허기진 야수인 양 요란한 소리로 허겁지겁 먹이를 먹어치워 한순간에 통을 비운다. 어쩌면 녀석은 무소유의 본질을 온몸으로 실천하고 있는지도 모르겠다.

온 세상은 슈레더를 통해 돌아가고 있는 것인지도 모른다. 작은 우주인 나의 몸도 분쇄기 작용을 하며 몸에 들어온 음식 중 취할 것만 취한 뒤 모두 비워내지 않는가. 그런가 하면 우주의 작은 별들도 블랙홀이라는 슈레더로 종종 빨려 들어가 그 자취를 감추며 우주가 정돈된다.

생각해 보면 삶 자체도 가슴 깊은 곳의 분쇄기로 정리되는 것이 아닌가 싶다. 마음의 파쇄기로 게으름이나 거짓 같은 부정적인 요소들을 지워내고 정직과 부지런함같이 긍정적인 요소들을 얼마나 보관, 관리하는가에 따라 삶과 인생관이 결정되기 때문이다.

어느 영혼은 주변에서 받은 은혜들을 가슴속의 분쇄기가 모두 지웠는지, 자신이 베푼 기억만을 고집하며 순간을 괴롭게 보내기도 한다. 어떤 혼은 남에게 베푼 것들을 마음의 파쇄기가 모두 없앴는지, 자신이 받은 것만을 고마워하며 흡족한 하루를 보내기도 한다. 어느 넋의 슈레더는 삶이 선사한 보이지 않는 많은 선물들을 모두 지운 탓에, 자신이 소유치 못한 것만을 헤아리며 불행에 빠지기도 한다. 그런가 하면 어떤 혼의 파쇄기는 좋기도 나쁘기도 했던 삶의 모두를 비워내어, 무엇이든 담을 수 있는 텅 빈 가슴으로 넉넉하고도 풍요로운 인생을 만들어 간다.

자동차 공장의 슈레더는 폐 자동차를 파쇄 처리해 금속과 비금속을 분류해내며 불순물을 제거하는 것이 있다. 그러기에 수완 좋은 녀석은 깡통의 폐물 조차 조각내며 깔끔하게 정리 처리 해낸다.

그런데 교활한 슈레더 녀석은, 물질이 변화할 때 외부로부터 질량을 더 해주거나 빼지 않는 한 변화 전후의 질량이 항상 같다는, 질량불변의 법칙에 의해 사물의 겉모양이나 이름만을 바꾸고 있는 것인지도 모른다. 슈레더로 분리된 자동차나 깡통의 폐품들은 작은 조각으로 분해된 후 또 다른 원료의 재활용으로 다시 쓰이고 있기 때문이다.

바라건대 내 가슴의 편견과 오해같이 미숙한 생각들도 혼의 슈레더로 조각내어 없애고, 새 삶의 원료가 될 따뜻한 사랑과 이해로 재탄생 되었으면 좋겠다. 인생의 찌꺼기들과 노폐물 모두를 영혼의 파쇄기로 갈아버리고 그 에너지로 긍정의 삶이 다시 탄생된다면, 나도 제법 쓸 만한 넋의 분쇄기가 되지 않을까. 삶의 한 가운데서 인생을 피폐시키는 부정적인 요소들을 밝고 바람직한 방향으로 바꾸는 영혼의 슈레더로 우뚝 서고 싶다.

# 겨울 잔디

아기 이빨 같은 싹이 돋아나왔다. 세상 밖으로 여린 생명이 살짝 발을 내민 것이다.

보잘것없이 말라빠진 잔디 씨를 뿌렸다. 그런데 며칠 후 신경줄같이 세밀한 어린 순이 어떻게 땅에서 솟아나온 것인지 신기하기만 하다. 장막같이 질긴 땅을 뚫어낸 여린 삶이 참으로 대견하구나 싶다. 바람결에 파르르 떠는 신비로운 연둣빛 새싹에서 생명의 전율이 파도친다.

마른 씨로 갈색 땅을 노크하니 그곳에서 연둣빛 응답이 왔다. 땅속에서 침묵하던 씨앗과는 달리 새순들은 하루마다 키를 키우며 바람결에 새로운 생명을 예찬한다. 화사한 초록빛 몸집 수를 늘리는가 싶더니 어느새 온 마당이 싱그러움으로 물결친다. 겨울 잔디는 앙상한 겨울을 새 생명으로 덮으며 신선한 평화를 맛보게 한다.

갈 데 없는 생명이 낙엽으로 떨어져 땅에 구르고 온 거리를 을

씨년스럽게 방황할 때, 추위에 떠는 여름 잔디를 이불처럼 덮어준 따뜻한 겨울 잔디다. 마치 계절의 삶이 끝에 닿으면 그것은 다시 몸을 바꾸어 새롭게 태어난다는 것을 보여주기라도 하는 것 같다.

바람이 불자 초록 잔디는 넘실대며 춤추는 보리밭으로 변한다. 팝콘같이 몸집을 부풀린 초록 풀들은 폭풍 성장을 해서인지 반짝이는 햇볕 아래서 몸통들을 마구 비벼댄다. 차가움은 얼어붙는 것이 아니라 자신들이 살아갈 희망이라며 합창이라도 하는 듯싶다. 힘차게 자라나는 초록빛 잔디를 볼 때마다 힘이 불끈 샘솟는다. 한겨울에 새로운 생명이 보라는 듯 쑥쑥 자라나는 것은 바라보는 것만으로도 큰 활력소가 된다.

씨를 뿌리면 땅에서 답이 오듯 삶에서도 그런 줄 알았다. 거울 앞에서 미소를 지으면 상큼한 미소가 되돌아오듯 말이다. 하지만 세상살이에서는 그렇지 않은 수가 종종 있나 보다. 순리대로 올라오는 잔디 순과는 다르게, 사람들 가슴에 심어진 착한 씨앗이 때로는 시샘으로 인해 비난의 화살로 변하는 경우다. 씨를 뿌리면 새싹에 대한 설렘이 기다려지는데 아무래도 씨앗을 제대로 심지 못한 것 같아 마음이 불편하다.

마른 씨를 뿌려 놓고는 바쁘다는 이유로 그 정도면 됐다며 그것이 말라 죽게 만들었는지도 모른다. 하늘의 비가 적다고 탓하며 햇볕이 너무 강해 겨울답지 못하다고 불평하며 메마르고 건조한 것들을 모두 주변의 탓이라고 책임을 밀었다. 아니, 겨울 잔디는 자연이 만들어주는 것이라는 안이한 생각에 빠졌는지도 모르겠다. 여린 씨앗이 필요한 것들을 깊은 관심과 정성으로 보살펴 채워주지 못한 것이 문제였다.

영혼의 씨를 가슴에 심으면 때 묻지 않은 순수한 눈으로 보아주고 상처를 달래듯 따스한 손으로 보듬어야 했다. 그런가하면 귀기울여 관심 있게 들어주고 겸손하게 소통하며 영혼을 어루만져야 하지 않았을까. 황폐해진 영혼의 잔디를 주변 환경 탓으로 돌리기 전에 나의 부족함을 먼저 반추해 본다.

어쩌면 나는 잔디 인형을 키우듯 성심을 다했어야 했었다. 잔디 인형은 흙으로 만든 머리에 잔디 씨앗이 심어져 있어 물을 주면 초록머리가 조금씩 자라나는 인형이다. 비록 작은 인형이지만, 그냥 놓아두면 초록 풀은 마구 자라 머리의 흙을 모두 잠식하고 어느 날 얼굴의 형체조차 알아볼 수 없는 괴물로 변하게 한다. 꾸준한 관심으로 물과 사랑을 주고 초록빛 머리칼이 자라면 예쁘게 잘라도 주며 끝없는 정성으로 돌보아야 한다. 삶이 그렇듯 세상 모든 것에는 애정 어린 관심과 보살핌이 필요한가 보다.

겨울철이 되자 철지난 여름 잔디처럼 세월에 지쳐 퇴색되고 희미해진 나를 문득 발견한다.

"타인에게 인정받지 못하면 좌절하지 말고 자기를 사랑하는 법을 배워라"라는 중국의 최고 부자 알리바바 회장의 말처럼, 가장 가까운 나를 사랑하는 법을 익혀야 할 때가 온 듯싶다. 생각해 보면 진정한 겨울 잔디는 오히려 내 영혼에 필요할지도 모르겠다. 내가 변해야 세상 모든 것이 변화되기 때문이리라.

이제라도 세월에 지쳐 황폐해진 가슴에 꿈의 씨를 뿌리고 맑은 성찰의 물을 매일 정성껏 주며 세상 추위 속에서 영혼이 얼어붙지 않도록 따뜻한 햇볕으로 포근히 보듬어야겠다. 앙상하고 보잘것 없는 모습으로 시작하지만 각 마디마다에서 뿌리를 내리며 번창 해가는 가슴속 겨울 잔디는 주변 사람들의 마음속에서 초록빛 생명으로 새롭게 거듭날 것이다.

영혼에서 성숙된 겨울 잔디는 삶의 열기가 심한 곳에서는 자신의 몸으로 감싸 식혀주며, 춥고 헐벗은 영혼들을 만나면 따뜻이 품어줄 것이다. 인생이 만든 거센 소나기와 바람에 의해 상처 난 가슴들과 마주치면 그것은 그 상흔들을 따사로이 보듬어 주리라. 또 감당할 수 없이 넘치는 이웃 가슴의 노폐물들을 온몸으로 흡수 해 정갈하게 여과시키는가 하면, 상처받은 혼들을 회생시켜 불협 화의 소음을 차분히 가라앉혀 줄 것이다.

어리석은 나는 시든 계절을 되살리는 겨울 잔디는 얼어붙은 땅에만 필요한 줄 알았다. 하지만 그것은 흙에만 필요한 것이 아니었다. 외롭고 소외되고 쓸쓸하게 방황하는 가슴들과 삶에 지친 영혼들에게 절실하게 필요한 것이었다. 어쩌면 겨울 잔디는 세상 모든 생명체가 춥고 황량한 겨울철을 지나며 힘들 때마다, 그 영 혼 속에서 새로운 초록빛 순으로 돋아 나와야 할 것 같다.

# 문신

낯선 남자가 곁을 스쳐간다. 온몸을 문신으로 휘감은 듯한 사내가 계단을 오르고 있다. 등에는 붉은 눈의 푸른 빛 용이 하늘을 승천할 듯 발톱을 세우고 있고 포효하는 호랑이도 팔뚝을 따라 금방 뛰어오르려 한다. 사내는 왜 온몸에 문신을 새긴 것일까.

문신은 입묵(入墨) 또는 자문(刺文)이라고 하며 피부와 피하조직에 상처를 낸 후 물감을 흘려 넣어 그림이나 글씨를 피부에 새기는 것이다. 그것은 1초에 80번이나 진동하는 바늘에 몇 시간이고 찔려야 만들어진다. 바늘이 만드는 통증을 절실하게 감수해야만 더욱 뚜렷해지는 것이 자문이다.

옛 중국에서의 자문은 죄인과 노예에게 새기는 낙인으로, 주인이 존재한다는 일종의 증표로 통했다. 그런가 하면 원시 문명에선 성인식을 통과한 이들에게 문신을 새겨 부족의 구성원이란 의미를 부여하기도 했다. 이처럼 문신은 예부터 자기의 신분과 세상에서의 위치를 말해주었다.

문신은 삶을 많이 닮았다. 하늘로 승천하는 용의 문신을 그려 넣기 위해 날카로운 바늘의 고통을 이겨내는 인내와 열정은, 원하는 삶을 위하여 예리하게 찔러대는 인생의 질통을 그대로 수용하며 견뎌내는 것과 같다.

짙은 사랑의 상처나 숨겨진 분노 혹은 첩첩이 쌓인 외로움을 깊은 몸 어딘가에 각인시켜 놓은 문신, 때로는 무료한 삶을 따끔하게 피부에 조각해 놓은 일탈의 표식일 수도 있다. 삶의 통증을 따가운 질통을 통해 실감케 하는 자문인지라, 때때로 사람들은 인생의 지독한 아픔이나 스트레스를 문신 바늘의 날카로운 통증으로 풀어내기도 한다.

그런데 문신은 기존 질서와 세상 편견과 시선에 굴복하지 않는 과감한 도전이기도 하다. 유교의 효 사상은, 신체의 모발과 피부 등 부모에게서 물려받은 모든 것을 훼손하거나 상하게 하는 것을 금하기 때문이다.

거리를 나선다. 저 멀리 푸른 하늘과 맞닿은 할리우드산이 커다란 삼각형 몸 가운데에 자신의 이름을 문신해 넣었다. 그 옆으로 길 따라 줄지은 상점들도 이름이나 주소를 지워지지 않는 문신으로 몸에 새기고서 세상이 보라는 듯 서 있다. 간판의 문신들은 자기가 이 세상 어디에서 무엇을 하나를 알리는 듯도 하다. 선정적인 형광색을 온몸에 바르고 전신을 드러내는가 하면, 요란한 빛깔의 합성 옷을 걸치고 세상에 자신을 팔고 있다. 지저분하고도 험악한 쓰레기통의 자문과는 다르게 그것들은 어느 면으로는 미학적이고도 예술적이다.

세상을 살다보면 여기저기에서 문신을 만난다. 가슴을 흔드는 섬세한 바이올린 소리에도 독특한 문신이 새겨져 있다. 바이올린마다 다른 빛깔의 떨림과 독특한 음색들이 매순간 새롭게 창조되는 이유는 나름대로의 문신 무늬가 모두 다르기 때문이다. 사람들은 바이올린 선율의 각기 다른 자문들 때문에 매순간 독특한 그 음색에 매료되어 흥분하고 환호하는 것은 아닐까.

그런가 하면 휴대전화에도 각기 다른 문신들이 각인되어 있다. 정해진 고유번호 자문이 다른가 하면 벨소리도 각양각색이다. 문신의 무늬가 다르기에 통화 내용도 모두 다른 전화, 불필요한 문신같이 군더더기가 많이 붙어있는가 하면, 예술적으로 꾸며진 자문같이 상대방이 듣기 좋은 미학적인 언어로 합성된 것도 있다.

문신은 자신의 영혼이 세상에서 숨 쉬고 있다는 것을 드러내며 자기의 얼굴을 세간에 적나라하게 내보인다. 그러기에 타투는 순수한 자기표현으로 자기만의 개성이고 취향인 듯싶다. 어쩌면 인간의 본능에는 자신의 속내를 소리 내어 말하기도 하고 춤사위로 풀어도 낸다. 또 아름다운 음률로 연주를 하는가 하면 온몸의 타투로 자기를 표출하기도 한다. 자기표현의 욕구는 어쩌면 인간의 원초적인 본능일 듯도 싶다.

거리의 벽에는 여기저기에 문신들이 새겨져 있다. 담벼락마다의 문신들은 필법의 참신성과 표현의 미학성과 도발의 대담성을 놓고 겨루는 것 같다. 벽의 그것들은 동물의 왕국같이 자신의 영역을 수호하는 갱단 사이의 영역 표시이기도 하다. 그곳에는 남들이 자기의 기량을 알아주었으면 하는 인정의 욕구가 숨어 있는 듯하다.

하지만 어느 벽의 타투에는 아무 의미도 없는 경우도 있다. 그것은 포스트모더니즘의 '의미에서의 해체'로, 의미에 영원히 도달하지 않으려는 기호와 철학들 때문이다. 그것은 데리다의 언어철학과도 통한다. 어쩌면 어떤 종류의 인간 삶처럼, 거리의 문신에도 의미에 도달하지 않으려는 의도적인 철학적 의미가 내포된 것인지도 모른다.

인간은 자신만의 독특한 DNA 문신을 각각의 혈액 속에 지니고 있다. 또한 사람들의 영혼 속에는 자신만의 고유한 타투가 존재한다. 사람들은 독특한 피의 문신과 특이한 혼의 타투로 각자의 삶을 걷고 있는 듯싶다.

'세 살 버릇 여든까지 간다'는 속담은 어릴 때 각인된 영혼의 문신은 삶이 다할 때까지 지워지지 않는다는 말이다. 그런가 하면 마약같이 나쁜 약물도 우리의 혼에 빠른 순간 깊은 타투를 새겨 넣는다. 끝없는 환상의 세계를 열어줄 듯 얼에 각인된 마약의 문신들은 너무도 깊게 새겨져서인지 쉽게 지워지지 않는다. 더 큰

판타지를 찾아 마리화나에서 시작해 코카인과 헤로인으로 옮겨가
며, 깊어진 마약의 문신들은 인생을 블랙홀로 빠뜨려 삶을 송두리
째 무너뜨릴 수도 있다.

한번 새겨지면 지우기 힘든 것이기에, 문신은 매우 중요한 것
같다. 참되고 바른 문신만이 삶을 예술적이고도 아름답게 승화시
킬 수 있을 듯싶다.

'세상에 존재하는 유정(有情) 무정(無情)의 모든 생명체를 따뜻
하게 사랑하리라.'

밝은 햇살 가득한 어느 날 고운 글씨의 문신을 정성껏 새겨 넣
으리라, 진하고도 뚜렷하게 그리고 영혼 깊숙이.

# 긴 머리

남편과 만난 지 삼십 년이 넘었다. 그는 나의 첫인상이 머리가 짧아서 좋았다고 했다. 무엇을 생각하며 어떻게 살려는가에 앞서 짧은 머리의 여자를 오래 전부터 결혼의 이상형으로 여겼다는 것이다.

어쩌면 남편의 가슴 한편에는 부정적인 요소를 깔끔하게 잘라 버리고 상큼하고 긍정적인 삶의 반려자를 원했는지도 모른다. 삭히지 못할 삶을 칙칙하게 늘어뜨리고 결단을 못 내리는 답답함을 속 시원히 끊어내고 참신하고 정갈하게 정리된 여자를 원했을 듯도 싶다.

내 머리가 짧은 것은 무슨 심오한 철학이 있어서가 아니다. 머리를 감은 후 마르기만 하면 부스스 올라오는 곱슬머리 탓에 키가 작고 목이 짧은 나는 머리를 짧게 해야 한다는 어머니의 말씀 때문이었다. 나의 인상이 지저분하게 보이지 않으려면 깔끔하게 짧

은 머리를 유지해야 한다는 것이 어릴 때부터 들어온 어머니의
지론이었다.

머리를 감은 첫날이면 머리칼들은 온 머리에 굴렁쇠 모양의 원
을 만든다. 머리카락들이 구부러지고 부풀어 어수선하고 정신이
없지만 그래도 첫날은 파마를 한 것 같아 그나마 견딜 만하다.
둥근 머리칼들은 힘든 삶이지만 여기저기를 굴렁쇠를 돌리듯 헤
쳐 가며 살라는 것을 말해주는 듯싶다. 아니면 지구별이 그렇듯
곱슬머리의 동그라미처럼 마음도 둥글둥글 모가 없어야 삶을 부
드럽게 넘길 수 있고 탈이 없다는 것을 알려주는 것도 같다.

하지만 하룻밤이 지나면 둥근 원은 무너지고 까칠해진 머리털
들은 제각기 곤두서기 시작한다. 병을 치료하기 위해 놓는 바늘모
양의 침처럼 그 끝이 뾰족해지는 것이다. 아마도 삶을 둥글둥글
넘기지 못해 그 순리를 거스르면 병이 생겨 삶이 던져주는 아픈
침을 맞아야 할 일이 생기는 것을 보여주려나 보다.

다음 날이 되자 그나마 조금 남아 곱슬 거리던 머리카락들이
모두 풀어진다. 동그라미 굴렁쇠를 만들다 넘어지고 부서지며 헝
클어지자 180도 수평으로 몸을 눕혀 더 이상의 곡선을 포기한 머
리카락들이다. 얽히고설킨 채 뒤틀리고 쓰러지며 온갖 욕심을 다
부리다 어느덧 버틸 기운이 쇠하자 모든 탐심을 내려놓을 수밖에
없는 곱슬머리의 삶, 그것에는 발효되고 숙성된 인생의 모습이
들어있는 듯도 싶다.

어쩌면 조각난 굴렁쇠 모양의 원들은 마구 튀겨낸 팝콘들처럼 제각기 다른 욕망을 실현시키려 몸부림을 쳤는지도 모른다. 아니면 수없이 태어났다 사멸하고 다시 생겨나는 가슴속의 생각들처럼, 머리칼들은 내부에서 들려오는 수많은 욕구를 누를 수 없어 발버둥을 쳤는지도 모르겠다.

뽀글거리는 삶 속에서 하룻밤이 지날 때마다 깨지며 망가지는 머리카락 때문에 거울 속의 나는 매일 다른 사람이 되어간다. 제 멋대로 춤을 추다 넘어지고 드러누운 거울 속의 머리를 보며 때때로 '뭉크의 절규'에서처럼 놀라움에 비명을 지르는 내가 되기도 한다.

문제가 많은 곱슬머리지만, 언제부터인가 머리를 기르고 싶었다. 바람결에 일렁이는 갈대의 머리칼을 닮고 싶었기 때문이다. 기우는 한 해를 소리 없이 받아들이는 갈대처럼, 저물어가는 삶을 소박하게 맞고 싶었는지도 모른다. 아니면 세차게 부는 세상 바람 속에서 갈대처럼 순리대로 몸을 낮추고 싶었는지도 모른다. 가슴이 털려 속이 빈 갈대는 세간 바람에 끝없이 흔들리고 부대끼지만 마침내 다시 일어서지 않는가. 갈대는 디 이상 굽힐 수 없이 겸손하게 몸을 낮추지만 끝내는 자신을 지켜내고야 만다.

리드라는 악기는 가을을 사모하고 그리워 한 나머지 그 영혼을 가을바람에 온통 내맡긴 갈대로 만들어졌다. 세간 바람에 온 몸을 사르는 갈대의 혼이 만든 악기는 삶의 소리들을 모두 엮어낸다.

생전에 못다 한 기쁘고 안타깝고 슬프고 아름다운 소리들을 곱고도 애잔한 음률로 노래한다. 어쩌면 인생의 온갖 음들을 지어내는 갈대로 만든 리드처럼 나도 가슴으로 삶을 노래하고 싶었는지도 모른다.

이제 인생의 가을을 만나 소란스럽던 야심들이 그 끈을 하나씩 놓았는지 곱슬머리 카락들은 기운을 잃고 가라앉기 시작한다. 탐욕의 굴렁 새를 가득 실은 놓은 듯한 곱슬머리의 번득이는 욕망과 시샘과 야심으로 꼬불대던 원은 머리 전체를 가득 메우지 않았던가. 하지만 끓어오르는 탐욕만으로는 삶이 순조롭지 못하다는 것을 깨닫기 시작했나 보다.

게다가 자신을 비워낸 검은 머리칼들은 차츰 흰색으로 변해갔다. 작은 욕심들이 비워질수록 생겨나는 밝고 선명한 머리칼들은 가슴의 온갖 선한 빛이 합쳐져 만든 흰빛일 듯도 싶다.

모든 야심의 빛이 합쳐져 만든 검은 빛이 사라지자 제법 흰 갈대 머리빛을 닮아가는 나의 머리카락들. 갈대숲에 겸허하게 서있는 갈대처럼, 인생을 아쉬워하지도 슬퍼하지도 않고 서있는 지금의 자리에서 자신을 내려놓고 소박하게 삶을 음미할 수 있을까.

갈대는 세상이 보라는 듯 아름다운 꽃 한 송이 한 번을 제대로 피우지 못했지만, 세월을 탓하지도 뿌리 내린 마른 땅을 책망하지도 않는다. 습지나 냇가에 숙명처럼 자리 잡고 세상 바람 앞에 자신의 모자람을 하루에도 몇 번이고 사과하며 낮은 절로 수 없는 용서를 구하는 겸손한 모습이다. 자신을 드러내지 않은 채 세상 바람의 온갖 시중을 다 들며 분수에 맞고 소탈하게 자신의 삶을 꽃 피우는 것이다.

더부룩한 갈대의 긴 머리가 되고픈 나는, 키가 큰 갈대처럼 긴 눈으로 세상을 내다보며, 세상의 바람을 거스르지 않고 자신을 지켜내고 싶다. 또 바람 따라 긴 머리를 흔드는 정직한 갈대같이 순수해지고 싶다. 더 나아가 오염된 땅에 심어지면 그 독성을 제거시키는 갈대처럼, 나의 인생도 오염된 세상을 정화시키는 청정한 삶이고 싶다.

곱게 채색된 가을 노을 속 은빛 갈대를 보며, 저무는 삶 속에서 소박해지고 싶은 나의 작은 목소리를 들어본다.

# 벤치

작은 벤치에 앉아 길게 등을 편다. 의자 아래로는 청잣빛 바닷
물이 한가하게 춤을 추고, 푸른 하늘은 하얗게 기지개를 켠다.
오래 전 길을 헤매다 우연히 찾아낸 나만의 숨겨진 은신처이다.
헐떡이며 아들을 바쁘게 학교에 들여보내 놓고 언덕배기로 올라
와 조용히 숨을 고르던 은밀한 곳이었다.

벤치 아래에는 담백하게 펼쳐진 바다 위로 대담하게 가로지른
삐딱한 선들이 긴 수평선과 함께 펼쳐진다. 하늘을 칠한 파란 붓
질은 절벽 아래 바다까지 이어졌는지 확 트인 천지가 온통 푸르
다. 바라다보고 있으면 연푸른 하늘과 청잣빛 바다가 만든 뚝뚝
흐르는 푸른빛이 영혼까지 칠을 하는지 마음까지 파랗게 물든다.
작은 벤치는 온몸을 적나라하게 드러낸 바다와 하늘의 거대한 풍
광을 하루 종일 바라다보고 있다.

복닥거리는 일상의 피난처라고나 할까. 조용한 아침 나만을 기

다린 듯 비어있는 벤치에 앉으면 가슴에 쌓인 불평들은 쉬지 않고 이어졌다. 해 뜨기 전부터 준비해 매일 차를 타고 한 시간 정도를 가야 도달하는 아들의 학교. 커피로 잠을 깨워가며 경주마같이 달려야 하는 것이 정해진 나의 일과였다. 게다가 그림자같이 붙어 다니던 아들이 만든 크고 작은 실수는 피부 위에 생긴 부스럼처럼 부담스러웠다.

중요한 아침의 늦잠도, 갑자기 꺼진 컴퓨터 전원으로 완료되지 못한 숙제도 가슴을 불안하고 초조하게 만들었다. 나의 영혼은 들끓는 바닷물처럼 쉴 날이 없을 듯싶었다. 어두운 터널같이 막막한 의무는 영영 끝나지 않을 것만 같았다. 세상을 바라다만 보는 벤치와 아들을 지켜보아야만 하는 나는 어쩌면 같은 곳에 서 있는지도 모른다.

"이 벤치는 내가 세상에서 제일 좋아하는 곳입니다. 뉴욕의 퀸에서 이곳까지 오는 길은 무척이나 길고 멀었지요."

Marge Lynn Currie July 1, 1949– January 15, 2009

어느 날 애착을 가지고 사랑했던 벤치에 이 같은 문구가 써져 있는 것을 발견했다. 나와 똑같이 은밀히 이곳을 즐겨 찾았던 사람, 한 번도 만난 일이 없지만 그 사람에게 알 수 없는 친밀감과 감동이 밀려왔다. 하루가 시작되고 한 날의 마침표가 찍어지는 그곳. 언제나 다시 올 약속은 하지 않지만 날이 밝으면 찾고야마는 벤치는 내 하루의 시작이었다. 그곳에 앉으면, 들을 수 없던 내 영혼의 소리를 들을 수 있기 때문이다.

파도같이 들끓던 가슴을 넓은 바다처럼 말없이 품어주던 의자, 한적한 절벽 위에서 초라하게 작아진 나만의 세상을 지켜 볼 수 있는 넉넉한 곳이었다. 벤치는 칠이 벗겨지고 나뭇결이 삭아서인지 할머니의 손결같이 까칠했다. 모래 알 같은 수많은 세상일을 힘들게 품어서였는지, 아니면 감당하기 힘겨운 세상을 온몸으로 삭여서였는지는 모른다. 벤치는 세월 속에 주름지고 낡아 남루해진 할머니같이 빛 바라고 퇴색 되어 있었다.

나무의 지문이 지워질 때마다 벤치는 자신을 지워갔는지 그 소박한 자리에 앉으면 왠지 편안했다. 땅 끝에서 하늘 끝자락을 만날 수 있는 벤치는 잠시 삶의 무게를 내려놓을 수 있던 곳이었다. 누구의 속내라도 흔쾌히 들어 주던 그것에는 보이지 않는 귀가 달렸는지도 모른다. 아니면 마음을 읽어주는 밝은 눈이 있었을 듯도 싶다. 비워야 채워지는 삶을 알았던 그것이기에 언제라도 내부족함을 따뜻이 채워주었다. 누구라도 쉴 수 있는 푸근한 안식처, 남루하고 낡았지만 경청해주고 보듬어주는 속 넓은 벤치, 어쩌면 그것은 까탈 많은 바다를 매 순간 품었기에 그 가슴이 넓어져만 갔을지도 모르겠다.

벤치는 바닷가 파도의 하얀 거품들을 한없이 바라다본다. 영혼 속의 아집과 편견이 파도 끝의 포말이 되어 부서지는 모습을 응시한다. 벤치는 무의미한 순간들의 집착과 마음속의 허상(像)들이 물거품처럼 흩어지며 사라지는 소리를 듣는다. 심각하게 미워할 것도, 사랑할 것도 없는 순간들이 아우성치며 생겨났다 죽어가는 것을 바라본다. 새로운 파도가 밀려오면 금방 잊혀질 물거품 같은 순간들. 세월이 변하면 세상의 모든 것들은 흰 거품같이 무의미하다는 것을 벤치는 알았으리라. 그리하여 변하지 않는 것은 세상에 존재하지 않는다는 것을 깨달았으리라.

벤치는 삶이 별것 아니라고 생각할지도 모른다. 들끓는 세상도 벤치 위에서 내려다보면 작은 점에 불과하기 때문이다. 삶의 점들은 서로 부딪히고 넘어지며 거품도 나다 어느새 바람결에 사라진다. 밀려왔다 사라지는 파도처럼, 거센 소리로 생겨났다 소리 없이 사라져가는 수많은 삶의 점들. 벤치는 생각할지 모른다, 삶은 바다가 순간순간 만들어 낸 수많은 파도 중에 하나일지도 모른다고. 결국 생명체의 삶은 자연 속에 태어나 그것과 하나 되어 살다가 언젠가는 자연으로 돌아가는 것이라고.

누구나의 가슴 속 마다에는 작은 벤치가 있을 것 같다. 조용하고 고적하게 자리 잡아 주위가 고요해지면 앉아서 쉴 수 있는 작은 의자, 편히 앉아 긴 숨을 내쉬기도 하고 힘든 삶을 잠시 멈추기도 하는 곳이다. 때로는 하루를 감사하기도 하고 또 지난 삶을 반추하기도 하며 인생의 의미를 사색하는 곳이다.

세월에 쫓기는 내 영혼의 작은 벤치에 앉아본다. 급히 흐르는 삶을 잠시 가라앉혀 보려는 것이다. 일상사의 갈증으로 헐떡거릴 때면 잊지 말고 찾아야 할 영혼 속의 벤치가 아니던가. 벤치가 앉는 의자 뒤로 등이 받쳐진 이유는 앉아서 등을 펴고 쉬라는 뜻일 것이다.

내가 벤치가 된다면 어떤 벤치가 될까. 동떨어진 곳에 홀로 서 있어 찾기 어려운 것일까. 몸이 너무 뻑뻑하고 딱딱해 잠시 앉기에도 수월치 않은 것일까? 아니면 의자가 너무 높아 쉽게 걸터앉기조차 힘든 벤치일까. 혹은 등이 너무 뒤로 젖혀져 있어, 앉아 있을수록 불편해지는 것은 아닐까.

마음이 내킬 때마다 누구나 쉽게 앉았다 갈 수 있는 그런 벤치이고 싶다. 소박하지만 편안하게 등 기대어 쉴 수 있는 나지막한 벤치. 삶의 길을 가다 힘들고 지칠 때면 부담 없이 쉬었다 갈 수 있는 소박한 벤치였으면 한다.

# 사와로(Saguaro) 선인장

살아서 솟아 오른 기둥이다. 전신에 바늘을 꽂은 채 늠름히 서 있다. 거친 황야와 싸우기 위해서는 한시도 긴장을 늦출 수 없었으리라. 온몸에 독기를 품은 녀석은 하늘처럼 끝없이 펼쳐진 광야에서 삶의 의미를 곱씹고 있는지도 모른다. 한없이 독할 수도, 아니면 끝없이 여릴 수도 있는 것이 삶 아닌가.

녀석은 푸른 잎들을 잘라내고 끝내는 냉정하고도 날카로운 가시로 온 몸을 마무리했다. 전신을 뒤덮고 있는 뿔들은 그리움이 사무쳐 뾰족뾰족 돋아났나 보다. 애타게 비를 그리다 끝내는 가시로 온몸을 덮은 선인장. 연무의 정이 아지도 남았는가, 가을 세운 잎들은 마른하늘을 향해 애달픈 눈길을 끊지 못한다.

생각해 보면 날카로운 가시에는 표독스러운 공격과 의연한 수비가 꿈틀대고 있다. 날이 선 은장도를 가슴에 품고 사는 사와로 선인장. 예리한 공격은 최대의 방어로 삶의 필살기라 했던가. 가시는 살아남기 위해 세운 절박한 삶의 발톱일 것이다.

선인장은 어쩌면 고달픈 삶을 마름질하려 전신에 뾰족한 바늘을 달았는지도 모른다. 쏟아지는 사막의 뜨거움을 초록빛 열정으로 뭉뚱거려 박음질하는가 하면, 은빛 달빛 속에서 반백년이라는 세월을 바느질하여 야시시한 꽃을 피워 냈다. 사와로는 칠십 년이라는 세월을 마름질하여 듬직한 옆 가지를 만들었고 수천 개의 열매에 자신의 유전 인자를 기록했다.

낮과 밤을 가리지 않고 삶에 몰두한 선인장의 가시에는 눈물과 한숨과 인내와 삶의 도전이 녹아 있는지도 모른다. 온몸의 가시 수만큼이나 열렬했던 사와로의 생이 아닌가. 열정의 삶이지만 생존을 위해 냉정한 모습으로 변신해야 했던 사와로에는 뜨거움과 차가움이 동시에 존재하는 듯하다. 그것은 척박한 사막에서 살아남으려는 마지막 절규이었는지도 모른다.

애리조나를 달린다. 아득한 대지에 삐쭉삐쭉 치솟은 수많은 초록 기둥들이 언덕 위에서 그 자태를 드러낸다. 땅기운이 지천으로 흘러넘치는지 온 천지가 사와로 선인장으로 채워져 있다. 이글거리는 사막의 불기운에 차가운 흙 기운이 더해져 생명으로 솟아난 사와로 선인장.

녀석은 앉지도 못한 채 온종일 서서 사막을 지킨다. 서있다는 것은 멈춘 것이 아니다. 시곗바늘은 온종일 서있지만 끊임없이 세월을 회전시키고 있지 않는가. 서있다는 것은 깨어서 세상을 돌리고 있는 것인지도 모른다.

자세히 보면 사와로는 가깝지도 멀지도 않게 그리움의 간격으로 서있다. 가시가 서로 찔리지 않을 만큼 일정한 간격을 유지하며 제각각 존재한다. 생명체의 삶은 때때로 지나치게 가까운 것을 견디지 못하고, 때로는 멀리 떨어지는 것을 두려워하기 때문일 것이다.

다 다른 표정으로 사람처럼 세상을 향해 팔을 벌린 사와로. 세간을 넉넉히 받아들이는 것 같아 편안하고 반갑다. 십오 미터에서 오십 미터나 되는 큰 키에 칠 톤이나 되는 거대한 체중을 지닌 사와로는 인간을 압도하는 모래땅의 기인이다. 어쩌면 그것은 이백 년이라는 긴 세월을 살며 황량한 모래벌판을 지키는 수호신인지도 모른다.

생각해 보면 사와로 선인장은 사막을 지키는 장승일 듯도 싶다. 장승은 서 있는 땅의 이정표이자, 주변 동식물의 어려움이나 위험을 보호하는 수호신이 아닌가. 비라도 쏟아지는 날이면 그것은 광활한 사막의 갈증을 해결하려, 전신에 세로로 이어져 수축된 골을 아코디언처럼 부풀리며 물을 저장한다. 한 해를 지탱할 이백 갤런의 물을 끌어들이는 거대한 물탱크로 변하는 것이다. 갈증난 사막의 생명체들에게 일 년 내내 수분을 공급하며 생명을 유지시키기 위함이다. 그리 보면 녀석은 무에서 유를 창조해 내는 사막의 개척자일 듯도 싶다.

사와로 선인장은 척박한 사막에 힘들게 뿌리 내린 이민 1세의 자화상인지도 모른다. 물설고 낯선 땅에 외롭게 서 있는 사와로 선인장에서 문득 지난날의 나를 발견한다. 보금자리를 처음 꾸렸던 나는 그것을 지켜내려 얼마나 자주 척박한 이국땅에서 변신을 하였던가. 사막 땅에 선 사와로 장승처럼, 푸른 잎이 가시로 변하지 않고는 살아남지 못할 생이었다.

사막의 바람 따라 세월이 흐르자, 마침내 사와로 선인장은 애리조나 주를 상징하는 꽃으로 피어났고, 애리조나의 카우보이와 함께 당당한 사막의 주인으로 바위산 위에 우뚝 섰다. 무에서 유를 창조한 사와로 선인장의 발자취는 이민역사처럼 길기만 하다.

이제 사와로 장승이 사막의 수호신으로 주변 동식물에게 도움을 베풀며 지역을 지켰던 것처럼, 나도 주변을 살펴보아야 할 듯싶다. 사와로 선인장이 가슴에 깊게 품었던, 모든 생명체가 한 몸이라는 사실을 예전에 나는 몰랐었다. 이제 일상에 쫓겨 생존에만 급급했던 작은 나에서 더 큰 나로 시야를 넓혀야 할까 보다. 나를 둘러싼 주변을 따뜻한 손길로 보듬고, 유정 무정의 모든 생명체를 수호해 주는 것이 결국 더 큰 나를 더 살찌우는 것이니까.

# 내가 사랑하는 우리말

비행기가 열두 시간의 지루한 비행 끝에 인천 공항에 닿았다. 트랩을 내려 대합실로 들어선다. 실내가 온통 한국말로 왁자지껄하다. 순간, 거의 모든 사람들이 한국말을 쓴다는 사실이 놀라왔다. 오랜 세월 몸담아 살고 있는 곳이 미국이라 무의식중에 우리나라가 그곳이라는 착각을 했었나 보다. 그러나 잠시 후 이곳이 내 고국임을 떠올리며 이내 친근감으로 다가온다.

어머니 나라의 방문은 긴 삶의 여정 중 잠깐 친정집에 들른 것 같이 모든 것이 반갑고 눈에 익는다. 언어가 공통이라는 것은 얼이 일치하고, 마음 빛이 동일하고, 영혼의 무늬가 하나라는 의미 아닐까.

언어에는 그 언어만이 지니고 있는 고유한 온도가 있는 것 같다. 따뜻한 말에는 온기가 들어있어서인지 삶이 만든 차가움을 따사로이 녹여주는 느낌이 든다. 반대로 쌀쌀한 말투는 그 온도가 낮은 탓인지 한기가 들다 못해 가슴까지 서늘해지는 듯싶다. 가끔 씩 어색하고 차가운 자리에 참석하여 분위기를 바꾸려 말의 온도를 높여 보지만, 주변의 기온이 바닥으로 떨어지면 말의 온도 높이기는 만만치가 않다.

물이 어는점은 섭씨 0도, 끓는점은 100도다. 그렇다면 인간의 언어는 몇 도가 좋을까. 사람의 말은, 영혼에 살갑게 와 닿는 인간적인 따뜻함을 느낄 수 있는 온기면 적당할 듯싶다. 말의 온도가 너무 뜨거워 상대방의 영혼에 화상을 입히거나, 아니면 너무 차가워 얼어붙게 하지는 말아야 할 것 같다.

언어 속에는 바람도 있다. 지표면에 기압의 차이로 장소를 이동하는 공기의 움직임을 우리는 바람이라고 부른다. 사람마다 감성이 제각기 다르듯 말의 속력도 개인마다 다르다. 말의 속도가 만든 기압의 차이는 사람들 사이에 독특한 바람을 형성하게 만드는 듯싶다.

한자리를 맴돌며 도란도란 마음을 주기도 받기도 하는 꽃바람이나 실바람 같은 것이 있는가 하면, 명주바람이나 솔솔바람처럼 부드럽고 화창한 것들도 있다. 그런가 하면 으스스하고 쓸쓸한 소슬바람이나 초가을에 선들거리는 건들바람같이 찬 기운이 드는 언어도 있다. 또 몹시 매운 고추바람이나 예리한 칼바람, 혹독한 된바람같이 독한 말투는 영혼을 격하게 흔들기도 한다. 그런가 하면 세차게 불어오는 질풍이나 태풍처럼 험한 뒷일을 상관치 않고 힘을 다해 질주하는 듯 폭력적인 표독스러운 말투도 있다.

어느 면으로 보면 언어는 공기 중의 습도를 닮은 것도 같다. 눈에 보이지 않는 기체가 습도이듯 언어도 손으로 잡을 수도, 눈에 보이지도 않는 습도 같은 것은 아닐까. 여름철 찌는 더위 속에 습도가 높아지면 기분이 꿀꿀해지게 마련이다. 그것은 습도가 높아 땀이 증발하지 못한 탓에 불쾌지수가 높아지기 때문이다. 같은 원리로 똑같은 말이라도 감성이 엉키고 혼란스러워 힘들어할 때 듣게 되면 불쾌지수가 예상보다 높아져 영혼이 더 고통스러워지는 것은 언어와 습도가 유사하기 때문이다.

어찌 보면 말은 시간이 흐르면서 수시로 변하는 변덕스런 기후 같기도 하다. 언어는 때때로 슬픈 비처럼 감성을 적시기도 하고, 함박눈같이 온 세상을 포근히 감싸는가 하면, 몽환적인 안개로 혼의 시야를 가리기도 하고, 갑작스런 우박으로 주변을 놀라게도 한다.

세월 따라 흘러가는 언어가 있는가 하면, 하염없이 영혼에 머물며 떠나지 못하는 언어도 있다. 우리말은 내가 이 세상을 하직하는 날까지 내 영혼 속에 머물며 나를 지배하는 언어일 것이다.

봄, 여름, 가을, 겨울의 사계절이 내장되어 있는 언어. 흐르는 말 속에는 살풋한 봄이 담겨졌는가 하면, 격렬한 여름이 춤추기도 하고, 가을 낙엽 소리가 숨어 있는가 하면, 솔직 담백한 겨울 바다도 숨 쉬고 있다. 그런가 하면 그것에는 깊고 울창한 산도, 격정의 바다도, 서정의 강도 흐르고 있다.

이렇게 온갖 변화를 표출하는 언어이지만, 제일 중요한 것은 우리말 속에 내 마음과 얼이 담겨져 있다는 것이다. 나의 영혼이 깃든 우리말 속에는 내가 좋아하는 맛깔난 김치가 있고, 구수한 청국장이 있는가 하면, 혼을 정화시킬 빨간 고추장도 들어있다. 한국의 얼이 담긴 우리말 속에서 나는 잉태되고 탄생하여 그것을 밑절미로 자라났기 때문이다.

누군가가 나를 부르려면 내 이름을 부르듯 내 영혼의 정체성은 우리말에서 비롯된 것임이 분명하다. 어쩌면 그것은 나를 표식할 수 있는 또 하나의 나인지도 모른다. 내 혼의 지주이며, 숨 쉴 수 있는 공기이며, 나를 이루는 세상이 된 우리 말. 그래서인가, 그것은 나의 넋의 시작이며 끝이라는 생각이 든다.

내가 사라지면 세상이 존재하지 않는 것처럼, 우리말이 사라진다면 나의 넋은 어디론가 실종되어 증발해 버릴 것만 같다. 내가 우리말을 사랑하는 것은 선택이 아니라 운명이며 필연인 듯싶다. 이것이 내가 우리말을 아끼고 사랑하며 우리말로 글을 쓰지 않을 수 없는 이유이다.

# 맞은편 빌딩

빌딩의 불이 모두 꺼졌다. 호텔 방 불을 남김없이 밝혔지만 맞은편 고층건축물의 불빛은 숨이 다 끊겼다. 늦은 밤, 오피스가 끝나며 창마다 먹빛이 칠해지면 주변은 비 오는 날의 동양화처럼 마냥 침침해진다. 새벽이 되어 사무실의 불들이 하나씩 켜지며 영창마다 꿈틀거리는 태동이 시작되면 얼마 후 빌딩은 새 생명으로 탄생된다.

맞은 편 오피스 빌딩은 하루살이다. 이른 새벽에 태어나 늦은 밤이면 생명을 다한다. 빌딩은 자신을 드러내기를 꺼리는지 깊은 밤이 되면 짧은 하루의 아쉬움조차 남기지 않은 채 세상의 시야에서 모습을 감춘다. 빌딩은 삶과 죽음을 심각하게 생각지 않는 듯싶다. 살아 있지만 세간 속에 자신의 존재를 죽은 듯이 묻는가 하면, 죽음으로써 자신의 부재를 부각시켜 새롭게 회생시킨다. 매일 삶과 죽음을 오가며 생(生)과 멸(滅)이 밤과 낮처럼 하나로 이어졌음을 보여주는 듯도 싶다. 아니 더 나아가 그것은 세상의 필요에 따라 자신을 죽이기도, 살리기도 하며 삶과 죽음을 수시로 넘나드는 것도 같다.

옆 건축물을 시샘해 자신을 더 밝히려고도 하지 않고, 갑자기 심기가 불편한 것을 드러내며 자신의 빛을 낮추어 세상을 힘들게 하지도 않는다. 자신의 분수와 능력에 맞춰 온 정성을 세상에 풀어놓을 뿐이다. 빌딩은 그 흔한 우울증 한 번 걸리지 않고 단아하게 자신의 삶을 마무리하고 있다.

다른 건축물의 삶은 잠시 반짝이다 소리 없이 사라진다. 하지만 맞은편 오피스 빌딩은 일정한 형식도 절차도 따지지 않고 누가 보거나 말거나 자신의 책임에 소신을 다한다. 네거리가 아무리 복잡해도 휘말려 들지 않고 자기를 의연히 지키는가 하면, 전신을 반딧불같이 발광하며 온 하루를 사른다. 오피스가 닫히는 늦은 시간이면 하루 종일 몸을 사른 탓에 검은 재로 변한다. 그러다 새벽녘 까만 재속에서 작은 불꽃 싹들이 하나 둘 솟아오르면 또 다른 하루의 생명으로 탄생된다.

맞은편 빌딩은 하루 종일 바쁘다. 건축물은 가슴의 붉고 푸른 전광판을 통해 온갖 언어들을 파노라마같이 토해내기 때문이다. 그것은 마치 빛을 언어로 바꾸는 마술사 같다. 고층 건축물은 소리를 내지 못하는 벙어리지만 강한 빛으로 소리 이상을 표현하는 저력이 있다. 딱딱하고 무뚝뚝한 생김새와는 달리 가슴에 온갖 언어들을 저장하고 있어서 필요한 때면 언제든 절제 있게 표출한다. 건축물은 하루 종일 가슴의 말들을 풀어내다 세상이 잠들면 도시의 외로움을 포근히 보듬은 채 묵언으로 새벽을 기다린다.

이른 아침 건너편 건물의 삶이 시작되면 그놈은 새벽부터 담배를 피워대기 시작한다. 그것의 폐는 그리도 좋은 것인지 살아있는 온종일 쉬지 않고 담배 연기를 뿜어낸다. 아마도 골목 안의 시름을 모두 태워 내뱉는 것인지도 모른다.

하얀 연기를 내뿜는 빌딩 옆에 한 남자가 담배를 피운다. 숨을 내쉴 때마다 발산되는 하얀 연기들은 가슴에서 피어나는 수많은 걱정거리들 같다. 남자의 고뇌는 살아있는 한 쉬지 않고 가슴에서 회오리쳐 온몸을 통해 뿜어질 듯싶다.

삶은 결코 완벽한 것이 아니기에 생명체마다 가지고 있는 고뇌는 숙명일 것도 같다. 어쩌면 세상 사람들의 가슴에는 보이지 않는 흰 연기들이 삶이 지속되는 한 쉬지 않고 피어오를지도 모른다. 그러기에 삶을 고뇌의 바다라고 하였을까. 하지만 완벽하지 못하기에 뿜어지는 번뇌들은 완전을 향한 가능성을 수없이 내포하고 있을 듯싶다. 그렇게 보면 가슴에서 뿜어지는 흰 연기들은 더 나아지기 위한 디딤돌이 될 것 같기도 하다.

어느새 남자와 맞은편 빌딩이 뿜어내는 하얀 연기들은 바람 속에서 하나가 된다. 강물이 모여 바다를 이루듯, 세상의 시름들도 서로의 몸을 섞으면 끝내는 한 몸으로 합쳐지는 듯싶다. 그러기에 인생은 불완전한 번뇌들이 서로를 얼싸안고 보듬으며 그 어깨에 의지하며 살아가는 존재인지도 모른다.

처음부터 끝까지 한결같은 모습으로 꿋꿋하게 세상을 맞이하는 맞은편 직사각형 의 빌딩을 한참동안 바라본다. 세상 가운데 앉아 가슴을 열 때와 침묵할 때를 알고, 묵묵하게 자신을 지켜내는 뚝심의 소유자이기 때문이다. 세상을 향한 끈적이는 연민을 온몸에 감고 한 발자국도 움직이지 않은 채 번잡한 서울 네거리를 지키는 빌딩. 어쩌면 빌딩은 균형을 잃고 성장하는 세상과 삶을 같이하려 도시의 온갖 소음을 견뎌내며 찌든 삶의 고민들을 하루 종일 김으로 승화시키고 있는 것도 같다.

한번 뿌리를 내리면 그 자리를 지켜내고야 마는 그 건물을 바라보며, 나도 문득 서울 한복판에 우뚝 자리 잡은 빌딩이 되고 싶어졌다. 다음 날이면 물설고 낯선 땅으로 떠나 썰렁하게 외톨이가 될 나. 갑자기 남의 땅에서의 낯설음이 가슴 어디에선가 비롯되더니 때 아닌 서러움으로 밀려들기 시작한다. 미국과 한국이 지도상으로는 대륙만 다를 뿐이지만, 내 좁은 가슴속에서는 우주의 무한대같이 멀기만 하다. 익숙한 언어가 온 천지에 출렁대고 신토불이 음식이 감칠맛 나게 혀에 감돌며 옛 추억이 깨어나 영혼을 풍요롭게 꽃 피우는 나의 고향 서울. 막상 이 땅을 떠나려 하자 오늘따라 이곳에 뿌리내린 맞은편 빌딩이 부럽기만 하다. 아, 서울 한복판에 서서 꿋꿋이 나라를 지키는 소신 있는 그 빌딩이 되고 싶다.

# 우체통

아파트에 새 우체통을 달았다. 우체통을 3월에 달았는데 10월이 되어도 우체국에서는 잠금장치를 해 주지 않는다. 개인 정보가 담긴 편지를 매일 배달하는 다세대 우체통의 잠금장치는 법으로 우체국에서 담당하기로 정해져 있다.

머리에 있어야 할 잠금장치가 빠진 우편함은, 뚫린 구멍 때문인지 사고력에 구멍이라도 난 듯하다. 서로 붙은 씨암 쌍둥이 같은 우체통은 어디를 잡아당겨도 우르르 한꺼번에 쓰러진다. 누구라도 열 수 있는 메일함은 중요 서류가 간직된 비밀 서랍을 부주의로 열어놓은 듯도 하다. 어찌 보면 앞단추가 빠진 바지를 입은 것 같기도 하고, 불붙을 수 있는 성냥갑이 무방비 상태로 열려있는 듯싶어 불안하기만 하다.

세로로 길게 붙어 있는 여덟 개의 우편함, 줄지어 서있는 모습이 마치 아코디언을 활짝 펼쳐 놓은 듯싶다. 우체통과 아코디온은

닮은 것 같다. 악기를 누르고 펼 때마다 바람으로 소리 나는 아코디언처럼, 편지도 그리움이 바람 따라 출렁거려야 자신의 속내를 전할 수 있다. 그런가 하면 아코디언의 고혹적인 음률이 듣는 이의 가슴을 설레게 하듯 편지 역시 반가운 소식으로 받는 이의 영혼을 흔들고 있다.

골목마다 푸른 잔디밭 위에 서있는 우체통은 방목된 젖소가 초록 풀밭 위에서 평화롭게 풀을 뜯는 모습과 같다. 한낮 풀을 삭이며 신선한 우유를 분출하는 젖소 같은 우체통. 소의 먹이 같은 서신들이 우체통에 가득 채워지면, 젖소가 뿜어내는 우윳빛 편지들은 삶에 지친 고달픈 영혼들의 갈증을 잠시나마 해소시켜 줄 것이다.

그런가하면 우체통은 골목 어귀에 서있는 대추나무일 듯도 싶다. 그것은 청잣빛 가을의 푸른 바람과 따뜻한 햇살에 익어가는 빨간 대추알을 온몸에 간직하고 서 있는 것 같다. 내 키보다도 작은 대추나무는, 야무지고 올곧게 한자리에서 삶의 뿌리를 내렸다. 푸른 가을 대추나무 가지에 열린 열매에는 계절 속에 여문 수많은 이야기들이 도란도란 담겨져 있다. 아직 덜 무른 풋 사연이 있는가 하면 빨갛게 익어 달달한 사연들이 가슴 깊이 숨어 있는 것이다.

언젠가 있을 화려한 날갯짓을 준비하며 우편함을 가득 채운 아름다운 호랑나비들. 알에서 깨어난 나비는 딱딱한 껍질을 벗어나

하늘을 오르는 금박 호랑나비를 꿈꾸었을 것이다. 하지만 나비 애벌레의 삶은 고치 집을 몇 번이고 지었다 다시 옮겨 다니는 것의 연속이다. 녀석은 처음으로 만든 고치 안 좁은 공간에서 가냘픈 날개를 만든다. 애벌레는 날개를 움직이려 무진 애를 쓰지만, 좁은 고치 안의 녀석이 얼마나 날개를 펼 수 있겠는가? 하지만 나비는 날개 펴기를 중단하지 않는다. 좁은 고치 안에서의 나비 몸부림은 마침내 자신의 액으로 몸통의 날개를 온통 젖게 하고 단단하게 만들어 다가 올 나비의 푸른 비상을 대비하게 한다.

가냘픈 한 통의 편지도 우체국의 얼마나 많은 부서를 거치며 힘든 날갯짓을 하여야 받는 이에게 전달되는 것일까. 영혼을 흔드는 한 통의 편지가 멀리 떨어져 있는 피붙이에게 전달되려면 그것은 알에서 깨어난 애벌레가 한 마리의 나비가 되어 비상하는 것과 같을 것이다. 금색 호랑나비가 되어 어미 가슴에 살포시 앉은 편지. 군 입대 후 처음 받는 아들의 편지는 애타는 어머니 영혼에 고은 나비가 되어 그 몸을 나툴 것이다.

놀라운 것은 연약한 나비의 날갯짓이 '나비 효과'를 창조한다는 것이다. 에드워드 로렌즈는 중국의 작은 나비들의 날갯짓이 미국을 강타하는 허리케인으로 변할 수 있다며 '나비 효과'를 주장했다. 가냘프고 여린 나비들이지만 무리지어 힘을 합하면 세상을 극적으로 바꿀 수도 있다는 말이다. 수없이 많은 나비같은 편지들도, 한 목소리를 낸다면 세상을 움직일 수 있는 '나비효과'가 나지 않을까.

　오늘도 육중한 우체국 문을 열고 들어선다. 세입자들을 위해 사설 우편함 을 쓰고 있기 때문이다. 군대 막사같이 멋없이 줄지어 선 우체통들이지만, 뚝배기보다 장맛이라고 그곳에는 삶의 갖은 고명이 버무려져 있는 것 같다. 인생의 신맛과 단맛, 짠맛과 맵고 쓴 맛의 편지들이 삶의 둥지인 우체통에 가득 담겨있다. 세상의 모든 색(色)을 모두 합친 검정빛 우체함. 둥지를 열면 정한 날짜보다 늦어 미안한 렌트 비가 있는가 하면, 감격스러운 감사의 편지도 있고 건물 인스팩션을 한다는 엄중한 통지서도 있다. 감정이 전혀 없는 철제 우체통이지만 그곳에는 삶의 희비애락과 애환이 살아 숨 쉬고 있다. 살아있는 영혼들로 가득 찬 작은 우체함에는 갈등과 오해 그리고 따뜻한 사랑과 감사가 춤을 추고 있다. 말없는 우편함이지만, 들을 수 있는 가슴이 언제나 열려있기 때문이리라. 죽음과 삶, 침묵과 대화 그리고 정(靜)과 동(動)이 공존하는 우체통. 죽은 듯 존재하지만 삶이 약동하는 그곳에는 인생의 꿈과 사랑과 연민들이 가득 찼다.

　오늘 아침 보이지 않는 글씨로 쓴 내 호랑나비 꿈을, 나비로 가득 찬 우체통에 살며시 넣어본다.

# 때로는 휴식도

비디오 마약에 푹 빠졌다. 뾰족해진 호기심으로 으슥한 밤까지 인터넷 속을 마구 파헤치며 다닌다. '범죄와의 전쟁'을 보며 나는 문득 점퍼 입은 형사가 된다. 어두운 골목길로 도망치는 범죄자를 숨을 헐떡이며 추적하다 안타깝게 놓쳐버린다. 숨겨진 그의 아지트를 어둠속에 감시하며 침묵으로 그 주변을 배회한다. 스물네 시간 눈을 번뜩이며 돌아가는 CCTV 속에서 드디어 검은 그림자 같이 스며드는 그를 발견한다. 숨 막히는 추리 끝에 범법자 손에 마침내 수갑이 채워진다.

하지만 끊어지지 않는 호기심은 또 다른 이야기 사냥을 위해 컴퓨터 마우스를 서둘러 끌어당긴다. 순간, 불빛 어린 한쪽 구석 밑에 떠오른 파란 심령의 얼굴과 번갯불 같은 접신을 시도한다. 영혼의 머리털을 마구 끌어당기는 끈적끈적한 호기심은 과거의 귀신과 손을 잡으며 현재의 시간들을 죽이고 있다.

달달한 꿀맛에 정신을 잃은 꿀벌처럼, 사실인 양 꾸민 허구 세계에 빠진 나는 그 재미에 마구 빨려 들어간다. 며칠이고 물고 늘어지는 늦은 밤 영상속의 엉킨 사건들로 혼은 뒤엉켜버려 탈진되고 혼미해져 다음 날이면 그것은 각박한 현실의 줄에 걸려 여기 저기가 멍들고 타박상을 입기도 한다. 비디오 화면이 돌기 시작하면 피보다 귀한 시간들은 손가락을 빠져나가는 모래알같이 자취를 감추고, 계획된 일들은 바다 위에 던져진 휴지 조각처럼 맥없이 사라진다. 아편이 따로 있을까. 혼 전체가 몰입되어 그 사슬을 끊고 나오지 못하면 그것이 마약 아닌가.

언제부터인가 무심히 있어도 인터넷 화면이 빙빙 돌아가는 비디오 중독 증상이 일어났다. 시간과 때를 가리지 않고 허구 세계가 떠올라 현실과 겹쳐지며, 실제 상황이 마치 가상인 듯한 착각에 빠지게 하는 것이다. 환상의 픽션이 만든 부메랑은 생각보다 심각한 것 같다. 고심 끝에 그것에서 벗어나고자 뼈아픈 결단을 내렸다. 쓸데없는 일에 시간을 허비하지 말고, 인터넷 비디오 조차 더 이상 시청 않기로 결심한다.

발버둥치는 하루들은 힘들게 반복되었다. 엉킨 굴레를 벗어나려는 여린 영혼의 처절한 몸부림이 더해져 가는 날들이다. 중심이 흔들리며 편치 않게 절뚝거리는 일상이지만, 타성이 된 시간 낭비의 습관이 힘겨운 노력으로 고쳐지기를 기다릴 뿐이다.

땅에서 넘어진 자는 땅을 밟고 일어난다고 했을까. 금단 증상의 순간이 지나 삶의 길이 제법 원만해진다고 생각될 때였다. 잠시의 휴식조차도 사치라며 쓸모 있는 일에만 몰두하려는 어느 날, 갑자기 모든 일을 생각하기조차 싫어졌다. 권태롭고 지루해 그 의미조차 퇴색되어 가는 하루들이었다. 피같이 귀하고 안타까운 촌음 속에서 나의 혼은 손을 놓고, 제 빛깔을 잃은 빛바랜 삶이 도대체 무슨 의미냐며 따지고 있다.

아마도 그것은 질주하는 삶속에서 자유롭게 숨 쉴 수 있는 틈을 원하는 듯하다. 바다의 어멍인 해녀들의 물질 끝에 쉬는 숨비 소리 같은 틈새. 급박한 질식의 틈서리마다 숨비 소리로 살아나는 해녀들처럼, 창백해진 내 삶의 틈새마다에는 신선한 산소 같은 휴식이 필요한지도 모른다.

쉼이 없는 인생은 각박한 노동의 연속일 것이다. 음표들 사이에도 쉼표가 있음으로써 아름다운 멜로디가 탄생되고 문자들 사이에도 공간이 존재함으로써 힘 있는 문장이 생겨나듯, 삶 역시 일과 일 사이의 공간에 휴식이 있음으로써 이루어지는 것은 아닐까.

다리를 쭉 펴고 달콤한 주스를 마시며 엘비스 프레슬리의 'Love me tender'의 달달한 사랑 노래에 빠져든다. 감칠맛 나는 멜로디로 가슴은 날개라도 단 듯 옛 학창 시절로 달려간다. 짧지만 감미로운 휴식이 세월의 강을 단숨에 뛰어넘어 어린 시절의 꼬깃꼬깃 접힌 추억을 불러 일으키자 나의 영혼은 나른한 행복감으로 채워진다.

중국 고사에는 인생을 '남가일몽(南柯一夢)'이라고 했다. 삶은 남쪽으로 뻗은 홰나무 가지 밑에서 꾼 꿈속의 영화와 부귀 같다는, 흐르는 인생의 덧없음을 말하고 있다. 어차피 인생이 남가일몽이라면, 잠시 나만의 빛깔로 배를 만들어 삶의 강에 띄우고 찰랑이는 순간을 짧게 즐기는 것도 괜찮은 일탈이지 않을까.

문득 나를 위한 일탈을 생각하자 뜨겁고도 짜릿한 무엇이 가슴 깊은 곳에서부터 순식간에 밀려 올라온다. 적을 공격할 때 짐승은 몇 발짝 뒤로 물러섰다 돌진하며 상대를 넘어뜨린다고 하지 않았던가. 창조를 위한 재충전을 휴식이라고 한다면, 잠깐의 일탈은 앞으로 한 발짝 더 나아가기 위한 숨고르기일 듯도 싶다.

"흠~ 요즘 인기 좋은 영화도 좀 보고, 입고 싶은 옷도 사입고, 먹고 싶어했던 음식도 먹어주고 ……."

나의 영혼은 순간의 휴식을 위해 화끈한 각성제들을 서둘러 준비하기 시작한다. 잠시의 휴식은 다음 시간의 창조적인 상상력과 재충전을 위한 것이리라. 작은 우주를 곱게 물들인 오늘의 쉼은 내일의 우주 전체를 무지갯빛 행복으로 가득 채울 것이니까.

생각해 보면, 가슴을 싱그럽게 만드는 휴식은 한바탕 사우나를 하는 것과 같은 것일 듯도 싶다. 온몸에 두른 사회적인 겉껍질을 벗고, 더운 기운에 전신을 맡기면 삶은 무척이나 단순해진다. 뜨거운 열기로 온몸이 서서히 덥혀지면, 마음은 세상에 존재하는 몸 하나만으로도 가득 채워지리라. 한 번 들어갔다 나오면 몸도 마음도, 다시 걸칠 세상의 옷들도 새털같이 가벼워지는 사우나. 그것의 더운 김은 세상 시름을 다 녹여주고 마음의 때까지 모두 증발시켜 준다. 자신이 좋아하는 빛으로 채색된 휴식은 영혼을 청정하게 정화시켜 주리라.

여기저기 예기치 못한 블랙홀이 입을 벌리고 있는 삶이지만, 휴식을 통해 가슴 깊이 고인 에너지를 길어 올리면 세상을 바라보는 시야는 좀 더 여유로워지고 창의적이 될 듯싶다. 작은 우주가 넓혀져 큰 우주와 하나가 되기 때문이리라.

문득, 순간의 쾌락에 흥분하는 내 속에서 작은 소리가 들린다.

"휴식은 중독이 되지 않도록 짧게, 하지만 진하게."

4

거울

거울
벼룩
난자
운동화
사람이라는 이름의 신
팬지
옷
눈
손
세탁

백미러와 양쪽 사이드미러를 살피며 차를 몰아 집에 닿는다. 온몸을 드러낸 거울은 거실 벽에서 벽난로 위로, 다시 화장실 벽에서 화장대로 이어지며 줄 지어 서 있다. 그뿐인가. 태양은 쏟아지는 빛들을 반사시켜 수시로 거울을 만들어내고 있지 않은가. 아침 해가 찰랑이는 호수 수면이나, 온몸을 볕에 드러낸 자동차나, 저녁 햇살에 넘실대는 넓은 창이나, 대리석 건물의 매끈한 피부까지도, 열정의 햇빛은 그것을 반짝이는 거울로 창조한다. 쉬지 않고 탄 생되는 셀 수 없는 거울들.

# 거울

부부 동반한 지인들의 모임에서다. 음식을 먹고 난 뒤 남편에게 립스틱이 입가에 흉하게 번지지 않았나 낮게 물었다. 나를 살펴보는 남편의 눈이 순간 예리한 거울로 변하더니 괜찮다고 안심시킨다.

거울을 안 보는 날은 거의 없다. 내가 나이지만, 살아있는 나의 실체가 거울을 통해 매일 확인되기 때문이다. 하루의 시작과 마무리가 이루어지는 맑은 석경. 그것은 매일 새롭게 쓰는 일기장의 한 페이지 같다.

삐딱한 사각형과 동그라미의 거울들을 보며 차를 운전한다. 차의 거울들은 배치된 각에 따라 실체를 다각도에서 반사해 준다. 질주하는 인생도, 자신의 양옆과 뒤의 다각도에서 삶의 거울이 비춰주어야 바른 길을 달릴 수 있을 것 같다.

거울의 능력은 위대하다. 그것은 순간의 삶을 포착하여 시각화시키는 무언의 힘이 있는가 하면, 거대한 태양빛도 대담하게 반사시킨다. 그런가 하면 거울을 들여다보는 이의 영혼을 순식간에 끌어당겨 신비한 자기도취인 나르시시즘에도 빠지게 한다.

누구나의 눈에는 남을 비춰보는 자기만의 거울이 있다. 그래서인지 그 거울들은 각기 다르다. 마음 빛이 다르고 각자 앞에서 진화된 역사가 차이나기 때문이다. 세월과 함께 삶이 만든 거울은 거친 인생에 투박해지기도 하고, 세찬 바람에 퇴색되는가 하면, 질팍하게 일그러져 알아볼 수 없게 변형도 된다. 게다가 왜곡된 삶에 변형된 오목이나 볼록거울까지 얹혀지면 이상야릇한 모양이 되기도 한다. 다다른 마음속의 거울이 굴절되고 반사하며 만드는 세상. 가슴속 거울이 만든 세상은 바르고 반듯하기도 하고, 넘어질듯 삐뚤거리기도 하다, 때로는 일부가 실종된 기형적인 것도 있다.

현상학자 모리스 메를로퐁티는, 사람들은 타인 속에서 자신의 모습을 끊임없이 찾고 있다고 했다. 그는 "내 표정 안에 살아있는 그처럼, 나도 다른 이의 표정 속에서 숨 쉬고 있다."고 역설한다. 자신이 남의 거울이 되듯 타인도 자기의 석경이 되는 것이 삶인가 보다. 그래서인가 행복한 부부는 같이 살수록 닮는다고 한다. 서로의 모두를 거울에 비추어 두 사람의 거울 뉴런이 동시에 반응하며 일체감을 이루는 완숙된 사랑을 하기 때문일 것이다.

거울은 새로움이 창조되는 곳이다. 신비한 만화경 속의 거울이

색종이를 통해 만드는 예술은, 움직이는 순간마다 새로움을 표출한다. 거울 뒤편에 또 다른 세계라도 열린 듯, 미지의 상상을 끝없이 열어주는 그것에는 신비로운 환상의 세계가 숨어 있는 듯하다.

거울은 옛부터 가르침의 도구였다. 옛 도인은 돌을 갈아 거울을 만든다며, 수행자의 어리석음을 지적했다. '빛을 돌이켜 거꾸로 비춘다.'는 회광반조(回光返照)도 불교 선가에서 언어나 문자에 의존하지 말고 자기 마음의 진면목을 거울에 비추듯 그대로 직시하라는 선문답의 가르침이기도 하다.

고요히 가라앉은 물 같은 거울, 크든 작든 화려하든 초라하든 약속이나 한 듯 사물의 실상을 있는 그대로 비춰준다. 거울은 텅 비었기에 사심이 없는 것일까. 거짓이나 꾸밈이 없이 진실하기만 하다. 그래서인지 거울 앞에 서면 왠지 소박해지고 겸손해진다. 옛 선인들이 명경대에 자신의 업을 비춰 본 것도 이 같은 이유였을까.

거울은 스스로를 깨우치게 하는 침묵의 스승이다. 세상 한 모퉁이에서 묵언을 지키며 각자의 실상을 보여줌으로써 깊이 사유케 하고 삶을 되돌아보게 만들기 때문이다.

둥근 거울에 세상이 담긴다. 얼굴이 담기는가 하면 몸통도 넣어지고 끝내는 마음까지도 담겨진다. 온 세상을 수용하여 표현해내는 거울이기에, 석경에 비친 나와 내 영혼은 불현듯 만나게 되는지도 모른다.

조용히 혼자 들여다보는 맑은 거울에는, 온갖 헛된 욕망을 쫓다 삶에 지친 나의 실상이 보여진다. 기쁨과 노여움과 슬픔과 즐거움의 희로애락을 들어내지 않는 침묵의 그것은 나의 있는 그대로를 여과없이 반사시켜준다. 거울은 탐욕으로 고갈된 밖의 나와 내 안의 맑은 영혼을 이어주는 다리인 듯싶다.

백미러와 양쪽 사이드미러를 살피며 차를 몰아 집에 닿는다. 세상은 온통 거울로 채워진 것 같다. 온몸을 드러낸 거울이 거실 벽에서 벽난로 위로, 다시 화장실 벽에서 화장대로 이어지며 줄지어 서 있다. 그뿐인가. 태양은 쏟아지는 빛들을 반사시켜 수시로 거울을 만들어내고 있지 않은가. 아침 해가 찰랑이는 호수의 수면이나, 저녁 햇살에 넘실대는 넓은 창이나, 대리석 건물의 매끈한 피부까지도, 열정의 햇빛은 그것에 반짝이는 거울을 창조한다. 쉬지 않고 탄생되는 수많은 거울들.

세상은 보이는 거울과 보이지 않는 거울들로 가득 찼다. 거리에 수많은 눈동자 속의 거울들이 자신과 타인을 비추는가 하면, 벽에 붙은 침묵의 석경들과, 가슴 깊이 숨겨진 영혼의 그것들 그리고 열정의 태양이 많든 거울들로 온 세상은 서로를 반사하고 굴절시키며 매 순간의 실상을 그대로 보여주고 있다. 그런데 세간에는 왜 그리 석경이 많은 것일까. 그것은 소리보다 더 큰 소리로 삶의 실상을 보여주며, 비뚤게 걷고 있는 각각의 인생을 수정하여 주려 온 세상을 그렇게 만든 것 같다. 삶의 매 순간마다 잊지 말고 자기 자신을 조명하며 되돌아보라고 묵언으로 시위를 하고 있는 것이다. 깊은 곳에 숨겨진 영혼의 거울에 자신의 실체를 비추고 양심에 반사시키며 진솔한 삶을 걸으라는 그것의 깊은 속내가 세상을 거울로 가득 채운 이유일 것이다.

# 벼룩

더운 계절이다. 해가 바뀌자 여름은 온몸을 드러낸 채 뜨거운 입김을 천지에 내뿜더니 우리 집 마당에까지 발을 내딛었다. 아들이 길에서 입양해 온 고양이 두 마리의 가는 털 사이에도 사우나를 방불케 하는 여름은 스멀스멀 스며들었다. 먹이를 주며 돌보기 시작한 지 몇 년이 흘러 이제는 식구가 되어 버린 녀석들, 반짝이는 햇볕에 배를 뒤집거나 양쪽 귀를 손끝에 비벼대면서 "야~옹" 하며 애교를 부리는 놈들이다. 하지만 사랑으로 비벼대던 야옹이들은 여름이 시작되자 변심한 연인처럼 멀어지고만 싶어진다. 한 철 더위를 빌미로 채혈 사업에 돌입한 고양이 몸의 벼룩들 때문이다.

저녁녘에 집에 돌아온 남편이 말했다. 아침에 일터인 병원을 들어서니 어디서인가 숨어있던 벼룩 한 마리가 머리 한가운데를 한 방의 침으로 공격하더니 목을 반쯤 타고 내려가 그 언저리에 세 방의 침을 놓았다는 것이다. 라커룸으로 뛰어가 벼룩을 잡으려 바로 옷을 벗었지만 사라지는 통에 그만 미수에 그쳤다는 얘기였다. 그의 말대로 목에는 드라큘라의 이빨 자국 같은 붉은 마크가 보라는 듯 부풀어져 있었다.

일을 마치고 돌아온 딸도 밥상머리에서 벼룩에게 공격당해 여기저기에 솟은 상처들을 내보인다. 식구들 모두가 남편 차로 저녁 식사를 하고 온 날, 차 바닥에 복병같이 숨었던 벼룩이 갑자기 뛰어올라 멀쩡했던 팔뚝을 공격했다는 것이다. 몸길이의 200배 이상을 뛰어오른다는 점프력이 기발 난 그 놈들에게 물려 생긴 반점이 여러 팔뚝 여러 곳에 두드러기같이 솟아 있었다. 매일 정리하는 외상장부처럼 식구들은 새롭게 붉어진 상처들을 빚 독촉하듯 내 앞에 들이밀었다. 식구들은 며칠째 늘어가는 벼룩의 침 자국을 훈장처럼 온몸에 달고 다닌 것이다.

벼룩과의 전쟁은 녹록지 않았다. 바깥 뒷마당과 앞마당은 물론 집 밖 모든 곳에 공중폭격을 하듯 벼룩 소탕 독극물들이 엄중히 살포되었다. 집 안에는 물론 안방 침구를 비롯한 여러 곳에 물샐 틈없는 독극물 약이 골고루 뿌려졌다. 하지만 완벽한 극약처방 조치에도 벼룩들은 공격을 늦추지 않았다. 승기를 탄 듯한 그 놈들이 만든 상처는 밤하늘에 발견되는 새로운 별들처럼 매일매일 늘어만 갔다. 타오르는 불평으로 온 집 안은 두 번씩이나 벼룩 퇴치 약으로 샅샅이 점검되었다. '벼룩과의 전쟁'이 '범죄와의 전쟁'보다 힘든 것은 보이지 않는 것과의 싸움이라는 것이다.

불행인지 축복인지 벼룩은 나만 빼놓은 채 남편과 딸에게 공격을 퍼부었다. 영혼이 순수하지 않고 오염물질들로만 차서인지, 아니면 가슴이 차가운 냉혈동물이어서인지 벼룩들은 나를 적지에 위치한 아군인 양 공격하지 않았다. 그 놈들은 검사실에서 피 검사를 하지 않고도 내 피의 역사가 남편과 다르다는 것을 벌써 알고 있었나 보다.

　집안에서 주로 지내는 나는 벼룩을 퇴치시킬 독한 약기운에 취해 어지럽다 못해 언제부터인가 휘청거리기 시작했다. 보이지 않는 벼룩들은 우리 집을 조금씩 물어뜯더니 급기야는 집 전체를 소용돌이로 몰아치며 쓰러뜨릴 듯싶었다. 그 놈은 보이는 것보다 보이지 않는 것이 훨씬 더 큰 부분을 차지하고 중요한 것임을 깨닫게 했다.

　벼룩에게 물리면 살갗 표면이 빨갛게 부어오르다 심하게 가렵다. 가려움을 참지 못해 긁다 보면 상처가 되는 것처럼, 삶 속에서도 영혼의 여기저기를 깨물며 고통을 주는 벼룩들이 있다. 인생의 벼룩들은 삶 속에 크고 작은 반갑지 않은 사건들을 일으켜 걱정과 근심으로 밤잠을 설치게 하는가 하면 괴로움으로 한숨짓게 만든다. 그 놈들은 피를 빨기 좋게 변한 튜브형의 입으로 가슴을 깨물어 야무지게 자극한 뒤 견디기 힘든 고통으로 영혼을 괴롭히다가 마침내는 그곳에 상처까지 만드는 것이다. 어찌 보면 인생은 삶의 벼룩에 물려 고통 받고 휘청거리다 세월 속에 그것을 수용하며 성숙되어 가는 것인지도 모른다.

혈액을 흡입하는 벼룩은 숙주가 죽으면 그 몸을 떠난다. 잊을 만하면 따끔 따끔 괴롭히는 인생의 벼룩도 삶이 있기 때문에 생기는 것이리라. 어찌 보면 그 놈은 잔잔한 삶을 물어뜯어, 살아있는 그 자체에 감사하게 하고 편안을 방해하여 지금까지의 생을 다시 한 번 돌아보며 성찰하게 만드는 듯싶다.

벼룩은 한 번의 커다란 공격으로 삶이 무너져 떠내려가지 않도록 조금씩 여기저기에 견딜 만한 내성을 길러주는 것 같다. 벼룩이 만든 크고 작은 침의 공격에 좌절하지 않고 앞으로 나갈 수만 있다면 놈은 삶을 받쳐주는 기둥이 될 것도 같다. 그 놈이 만든 따가운 상처는 새로운 삶의 재생을 촉진하며 성숙시킬 뿐 아니라, 삶 앞에서 교만하지 않고 겸손으로 경건하게 고개 숙이게 한다. 벼룩은 잃어버린 피의 양보다 더 많은 것을 영혼에 주입하고 있는 것이다.

인생의 벼룩이 놓는 침 속에는 쓰러지지 않고 도전하게 만드는 강장제와 혼탁한 인생에 오염되지 않는 항생제와 성숙하게 만드는 성장제가 섞여 있는 듯도 싶다. 나태해지기 쉬운 삶 속에서 정신 줄 놓지 말고 깨어 있으라고 불식간에 따끔히 침을 놓아주는 것이다. 어찌 보면 벼룩은 침을 통해 생(生)의 엑기스를 넣어주며 영혼을 살찌게 하는 것도 같다. 이제는 귀찮고 힘들게만 생각됐던 삶의 벼룩이 만든 날카로운 침들을 기꺼이 맞아들여 영혼의 키를 성장시켜야 될지도 모르겠다.

# 난자

딸의 지인인 산부인과 의사가 아기를 제조했다. 자신의 정자와 백인 여자의 난자를 합쳐 남자 아기를 만들었다. 이혼으로 혼사가 된 그였지만 그의 늙은 어머니가 손자를 기다리고 있었기 때문이다. 그는 자신의 정충과 파란 눈의 난자를 결합해 실험실에서 수정란을 만들었다. 물론 아기의 성별을 정한 것도 의사 자신이었다. 그리고 그것을 대리모의 자궁에 안착시켰다.

열 달이 지난 어느 겨울, 아기는 세상 빛을 보게 되었다. 계약된 잔금이 대리모에게 지불되고 아기는 의사의 소유가 되었다. 마치 열 달 전 예약금을 걸고 주문한 물건이 완성되자 마지막 산금을 치르며 전달되는 상품 같았다. 놀라운 것은 네 달 후면 또 다른 난자가 만든 그의 분신이 다른 대리모를 통해 탄생될 예정이라는 것이다.

지어미의 난자와 지아비의 정자가 지고지순한 사랑을 거쳐 창조되던 생명체에, 첨단 과학이라는 괴물은 서서히 손을 뻗기 시작했다. 삼신할머니의 소관인 자궁의 은밀한 비밀에 과학이라는 날카로운 도구가 칼질을 시작한 것이다. 백일기도를 드리는 것도 모자라 몸과 마음으로 온 정성을 다해야, 그 지성을 가엾게 여겨 어렵게 점지해 준다는 귀한 생명 아니던가. 예정된 생명체는, 하늘과 땅이 합심하여 모월 모일에 세상 빛을 보게 할 생명탄생의 불가사의였다.

인공 생명체 의사와 가까워서인가, 딸의 친구도 자신의 난자를 채취하여 저장한다고 한다. 혹 나이가 들어 결혼할 경우, 자기의 늙은 난자가 임신을 못 할 수도 있다는 염려에서다. 필요할 때마다 저장된 난자로 자신의 분신을 생산하려는 것이다. 마치 유사시를 대비해 계란 꾸러미를 냉장고에 장만해 놓듯 난자를 저장해 놓는 것이다.

과학 기술의 융성으로 우리는 역대의 어느 왕보다도 행복하고 풍요로운 삶을 누릴 수 있게 되었다. 그런데 언제인가부터 실험실의 인공 난자로 만든 사람을 닮은 생명체가 세상을 흔들기 시작했다. 따뜻한 영혼이 실종된, 의술이 낳은 분신은 과학이 탄생시킨 괴물 같았다. 누구도 침범할 수 없는 자궁 속의 신비나 생명체의 존엄성은 아예 무시된 채, 원하는 성별과 그 숫자까지도 철저히 계산되어 상품처럼 제조되기 때문이다. 하늘과 땅의 축복 속에 생겨난 나와 어머니, 그리고 그 어머니의 어머니로 이어지던 고귀

한 생명의 연결 고리들이 더 이상 의미가 없어진 것이다.

세상은 어디를 향해 달리는 것일까. 같은 성(性)의 난자끼리 자연스런 혼약이 이루어지는가 하면, 인간을 닮은 괴물 생명체들은 실험실을 통해 늘어만 간다.

전통적인 개념들이 뒤통수를 얻어맞은 탓일까? 순수한 영혼들은 뒤집힌 삶의 정의로 흑백의 구별조차 못한 채 무기력하게 침묵만 지킬 뿐이다. 머리로는 이해가 되어도 가슴으로는 풀리지 않는 인생의 숙제들. 무엇을 고집해야 할지, 무엇을 거부해야 할지도 모르는 삶의 잣대는 그저 갈 길을 잃을 뿐이다.

사람들은 자신의 가슴속에 존재하던 신을 어느 날 밖의 세상으로 끌어내어 형상화시키는가 싶더니, 자기 발에 맞는 나름대로의 신을 창조했다. 그러다 그것만으로는 성에 차지 않는지, 비밀스런 자궁의 난자에까지 손을 대기 시작했다. 어리석은 사람들은 격에 맞지 않는 삼신할머니가 되고 싶었을 게다.

두 여자로 이루어진 가정에 아기가 입양된다면, 작은 영혼은 신비한 생명의 탄생에 대해 어떤 정의를 내릴까. 보이지 않는 축복으로 어느 날 자기가 양배추 속에서 우연히 발견됐다고 할까. 아니면 인공 수정의 계란이 혼탁한 기계 속에서 알을 부수고 병아리로 탈바꿈 하듯, 자신도 당연히 차가운 실험실에서 온 힘을 다해 알을 깨고 나왔다고 할까.

아이는 자연 속에 양(陽)의 존재인 하늘과 상대적인 음(陰)의 존재인 땅이 있다는 것을 알 수 있을까. 상징적인 하늘이 아비라면 상대적인 어미가 땅이 된다는 음양의 이치를 아이는 모를 듯싶다. 수컷 아비 옆에는 암컷 어미가 존재하여, 밝음과 어두움이 합친 음과 양의 만남이 가족의 뿌리가 된다는 것도 모를 것이다. 하늘과 땅이 통하면 만물이 생성되고 성장해 한없이 순환되는 것이 음양의 조화 아니던가. 상대적인 그것들은 플러스(+)와 마이너스(−)로 환원되어 대립과 교체, 소멸과 생장으로 무한한 변화를 가져온다는 음양의 사상. 그것은 작은 영혼이 삶을 해석하고 판단하는 데 그리고 건강한 인생관을 세우는 데 밑거름이 될 것이다. 하지만 음양(陰陽)이 사라진 동성끼리의 결합은, 아이가 아비의 역할과 어미의 구실을 보고 배울 기회조차 사라지는 것이 아닌가.

암수가 만나 열매를 맺는 지극히 당연한 자연의 법칙조차 빛바랜 이론처럼 발을 붙일 수가 없으니, 세상은 어디를 향해 달리는 것일까. 정신 나간 과학은 자연의 기본 개념조차 뒤집을 듯 씨 없는 수박에서 또 다른 변종 분신을 제조하며, 말도 안 되는 괴물 인간들을 창조해 가고 있다.

언제부터인가 사람들은 더불어 살아야 하는 자연을 정복한다고, 아니 재창조 한다며 자신들의 힘을 과시했다. 실험실에서 만든 짧은 과학 수치를 광활한 우주에 들이대며 비웃고 으스대더니 조금씩 지구별을 망가뜨리는 바보짓을 시작한 것이다. 자연의 한 부분에 불과한 인간이 더불어 사는 상생의 진리조차 무시한 채, 자신의 보호막인 자연을 파괴하는 것이 과연 올바른 행위일까. 인간이 만든 지구촌의 문명은 훨씬 풍요로워졌는데도 영혼의 빈곤은 극에 달해 자살률이 갈수록 높아만 지는 것은 무슨 까닭일까.

언젠가는 우월한 지능과 외모를 가진 한 남자의 정충으로 수많은 난자의 분신들이 실험실에서 탄생할지도 모른다. 아날로그 세상에서 디지털 세계로 옮겨가며 오만에 빠진 과학은, 이름 모를 난자와 정체모를 정자의 수정이 새로운 세계로의 눈부신 도약이라고 착각하는 것은 아닐지 걱정이 된다.

어느 날 문득 푸른 보름달 속의 토끼가 인류를 늘리려고 수많은 인공난자를 찧어내고 있다는 정신 나간 환상에 젖는 날이 오는 것은 아닐까.

# 운동화

운동화의 엄지발가락 부분에 구멍이 났다. 세 켤레 모두 똑같지만 언제나 문 앞의 같은 자리에 놓아둔다. 새것일 때는 눈에 띄는 빛깔과 반짝이는 맵시로 무척이나 뽐내던 것들이다.

운동화는 긴 나날 동안 힘든 삶을 걷고 달리다 넘어지고 찢기며 온몸이 상했다. 순간마다 맨몸으로 부딪힌 탓에 상처 나고 찢어지다 못해 구멍까지 생겼다. 자존심이 강한 그것은 쓰레기통에 버려지는 날까지 소임을 다하려 병든 몸을 끌며 힘들게 애를 쓴다.

내가 헌 운동화를 버리지 못하는 이유는 무엇보다 발에 편하기 때문이다. 모습은 닳고 낡았지만 내 발가락의 모난 부분을 눈감아주고, 삐뚤어진 발을 포근히 감싸준다. 팔자걸음에 외곬수로 틀어진 발을 삐뚤다고 나무라지 않고 흉하게 딱딱해진 굳은살까지 따뜻하게 품어준다. 온몸이 쭈그러진 주름투성이의 운동화지만 어머니의 따스한 가슴을 닮은 것 같다.

새것일 때는 발과 맞지 않아 얼마나 서로 할퀴고 부딪히며 상처를 냈을까. 하지만 거친 삶을 동거동락 해서인지 내 발과 그것은 서로 적응하고 동화되어 어느덧 있는 그대로를 받아주는 허물없는 사이가 되었다.

운동화 구멍 사이로 세상이 들어오자, 발가락이 세상을 내다본다. 당당하게 걸어가야 할 삶이기에 세상을 또렷이 내다보아야 할 터이다. 예리한 돌만 가득 찬 세상인지, 질척거려 헤쳐 나오기 힘든 수렁인지, 혼란스럽고 어지러운 아수라장은 아닌지 알아보아야 할 일이다.

나열된 세 켤레 중에는 밑창이 배같이 둥글게 부풀어 오른 마사이워킹 스니커가 있다. 일반 것에 비해 몇 배나 잔 근육을 더 사용케 하고, 같은 강도의 운동에도 피로감을 줄여준다 하여 구입했다. 그런데 그것을 신고 몸의 중심을 조금이라도 앞으로 기울이면 미끄러질 듯 불안하고 뒤로 젖히면 삐끗해서 넘어질 것만 같다.

삐딱 빼딱한 마사이워킹 스니커의 밑창은 예측하기 힘든 삶을 닮았다. 그것은 알 수 없는 인생길같이 전신의 평형을 잃고 뒤뚱거리게 하다 영혼의 균형까지 흔들어 놓는다. 기운데가 부풀어 올라 평탄치 않은 밑창은 순간의 삶이지만 엉성하거나 우습지 않다는 것을 실감나게 한다. 어쩌면 삶의 걸음걸이도 힘든 그것의 걸음같이 조심해서 발을 내딛어야 한다는 것을 말해 주는지도 모른다.

운동화는 나룻배를 닮았다. 혼잡한 삶의 부두에서 북적이다 고적한 항구에서 숨을 돌리기도 하고, 헛된 방랑에 해가 저물면 둥지를 찾는 조그만 조각배 같다. 그것은 문 앞에 정박하고 있다가 내가 몸을 싣기만 하면 묵묵히 세상으로 떠나는 나만의 작은 나룻배이다.

세상에는 헤아릴 수 없이 많은 스니커들이 있다. 같은 크기에 똑같은 종류의 것이라도 삶의 형태에 따라 독특한 지문들처럼 각기 달라진다. 우그러진 것, 뾰족하게 모난 것, 둥글넓적하게 적당히 닳아버린 것 등 각양각색의 얼굴이다. 삶에 시달려 퇴색된 그것은 세상 사람들의 생김새와 같다. 거친 세파에 몸이 패이고 뒤틀리는가 하면 주름이 생기다 못해 한쪽이 무너지며 온몸으로 삶을 맞이한 사람의 모습이다.

그것이 밟는 세상 크기는 쌓인 세월의 높이에 따라 다르다. 여리고 작은 가하면 큼직하면서도 넓다. 세 살배기 아기가 아장아장 내딛는 세간 크기와 한 집안의 모두를 둘러멘 가장이 밟는 세상 치수는 다를 것이다.

맨발 다음으로 편한 스니커가 땅에 몸을 눕히고 하늘을 보고 있다. 바닥에 몸을 붙이고 세상에서 제일 편한 자세로 누워있다. 용맹스럽게 땅을 질주하는 네 발 동물이었다가 순식간에 하늘을 나는 날짐승으로 변신하는 스니커. 그것은 몸의 가장 낮은 곳에 겸손하게 신겨져 지구의 제일 낮은 땅 위에서 걸음을 시작한다.

눈에 띄지 않는 곳에서 침묵하며 자신의 몸을 낮추며 하심 하는 것이다.

생각해 보면 스니커는 힘든 삶을 같이 걷는 동반자이다. 처음에 그것은 뻣뻣이 자기만을 고집하고 서걱대며 발에 상처도 내면서 혼자 따로 놀았다. 세월이 흘러 서로의 마찰이 조금씩 닳아 없어지고 편해지자 발과 그것은 언제부터인가 하나가 되었다. 나의 발과 그것의 혼이 합쳐져 숙성되고 발효되며 한 몸이 된 것이다.

발을 보호하기 위해 세상 표면을 모두 덮을 수 없기에, 운동화는 거친 땅에서 발을 보호하려 생겨난 작은 집이다. 인생이 자신의 둥지에서 잠시 안주하다 떠나는 것이라면, 운동화도 발이 움직이는 동안 머물다 가는 작은 보금자리다. 인생을 닮아서인지 그것에는 생로병사가 있다. 새롭게 태어나 힘들게 일하다, 주름지고 휘어져 늙는가 하면, 병에 걸려 제 구실을 못하다, 죽음으로 세상에서 버려진다. 신을 벗으면, 인생을 잠시 내려놓은 듯 심신이 편해지고 평화로워지는 것은 그것에 삶이 존재하기 때문이다.

스니커는 어둡고 밝은 인생길을 꿋꿋이 걸어 나간다. 그것이 걸음을 내딛을 때마다 제한된 시간 속에서 번혜기는 과거 현재 미래의 시제들. 그것은 과거를 지나 미래를 향해 현재를 걷는다. 지나간 과거에 연연하지 않고, 오지 않은 미래를 앞서가지도 않으며, 오직 현재에만 충실하게 집중한다. 어쩌면 그것은 바람직한 삶의 모습을 실천하고 있는지도 모른다. 수많은 현재가 모여 삶이 만들어지는 것이 아닌가.

더러움이나 정함을 가리지 않고 묵묵히 몸을 낮추어 인생을 행보하는 운동화. 나는 언제쯤이나 영혼이 숙성된 그것처럼 세상을 마찰 없이 받아들이고, 삶이 필요로 할 때마다 용기 있게 걸어나갈 수 있을까.

오늘 헌 운동화 몇 켤레가 내게 생의 의미를 가르친다.

# 사람이라는 이름의 신

세상은 신(神)으로 가득 찬 것 같다. 신으로 승격된 사람들은 원초적인 본능과 양보 없는 이기심으로 세상을 종횡무진 질주해 가는 듯싶다.

그래서인가, 세간에는 내가 모셔야 할 신들이 많다. 나는 신들을 잘 다루기 위해, 아니 그 노여움을 풀기 위해 종종 사죄의 공물을 바치며 정성스레 치성을 드리는가 하면, 맛난 음식을 풀어먹여 부정이나 살을 풀어내는 푸닥거리를 하곤 한다. 나에게 '신(神)'이란, 같은 사람이지만 나의 영혼 모두를 비우고 오직 조건 없는 절대 복종만을 요구하는 그런 대상이다.

한 남자와 결혼을 하게 되면서 내 삶에는 섬겨야 할 신이 생겨났다. 처음 나의 신은 무기력하고도 아주 작은 나의 분신이었다. 아기가 울음을 터뜨리면 때와 장소를 가리지 않고 언제라도 달려가 그 뜻에 복종했다. 몸과 영혼을 다해 얼마나 정성껏 아기 신을 모셨던가.

　아기가 자라나자 나름대로의 삶을 서툴게 정의 내리려 하였다. 하지만 그는 아직 미숙한 탓에 난해한 삶을 설명하기가 어려웠다. 자신의 실수에서 조차 삶을 배워야 했던 그였기에, 나는 언제나 그의 영혼을 그림자처럼 따라다니며 뒷전에서 조심스레 받들어야 했다. 자식은 내 가슴 깊은 곳에 시도 때도 없이 들어서서는 항상 자신만을 주장하는 절대적인 신으로 군림했다.

　혹 신이 노하기라도 하면 가슴에 쏟아지는 그의 까탈은 얼마나 내 영혼을 아프고 쓰라리게 상처 냈던가. 내가 할 수 있는 일은 마음 깊은 곳에 맑은 물을 떠 놓고 나의 좁은 소견을 반성하며, 자식의 미숙한 가슴이 돌아설 때 까지 혼을 다해 정성을 들이는 것이었다. 분신을 향한 나의 깊은 이해와 충직한 순종만이, 그와 나 사이의 다리를 잇는 유일한 길이었기 때문이다.

　더듬어 보면 내 옆에는 남편 신도 있었다. 그래도 그는 어느 정도 합리적인 이해와 타협이 가능했다. 하지만 신은 신인지라 가끔씩 주의를 요할 때가 있었다. 서로 다른 성격으로 마찰이라도 생겨나면 상황에 따라 신을 어르기도 하고 달래기도 해야 내 삶의 평화를 유지할 수 있었다.

　세월이 흐르자 내 주변에는 받들어 모셔야 할 신이 점점 많아졌다. 이유를 불문하고 세든 집을 고쳐주어야 하는 세입자 신이라든가 말 못 하는 두 마리 고양이라든가, 신은 그 모양만 바뀔 뿐

줄어들지 않았다. 때로는 세입자가 다른 둥지로 옮긴다며 렌트비 반을 멋대로 깎으며 자기 삶의 노여움을 토해내기도 했다. 하지만 어떻게 하겠는가. 그저 공손히 모셔서 받들 뿐이지 않은가.

오래 전 일이다. 고속도로를 달리던 중 갑자기 차가 자갈밭 길을 달리는 듯 커다란 소음을 내며 털털거렸다. 당황하여 급히 차를 갓길에 세웠다. 살펴보니 운전석 옆 타이어에 펑크가 났다. 갑자기 당한 일이라 순간적으로 무엇을 어떻게 해야 할지 생각이 나지 않았다.

그때 어느 자동차가 내 앞에 차를 멈춰 섰다. 백인 여자였다.

"도움이 필요하세요? 제가 가까운 주유소로 태워다 드릴게요. 그곳에 가서 당신 차를 견인해 달라고 하세요."

그날 그녀가 베풀어 준 조건 없는 배려 덕분에 나는 타이어에 구멍 난 차를 무사히 수습할 수 있었다. 그녀는 어쩌면 나를 지켜주는 수호의 화신이었는지도 모른다. 그리스 신화에 나오는 사랑과 영혼이 풍요로운 미의 여신인 아프로디테로 같은 신일 듯도 싶다. 삶에는 생각지 못한 고마운 신이 있는가 하면 복병같이 숨었다 돌발적으로 공격하는 흉악한 신도 있다.

백과사전에 서술된 '신(神)'은 초자연적인 능력을 가진 절대자로, 믿음의 대상이다. 어떤 종교에서는 큰 홍수나 번개 같은 거대한 자연 현상을 신의 역량으로도 간주한다. 재미난 것은 위대한 신은 인간과 유사한 인격과 의식 또는 감정 등을 모두 갖추고 있다는 것이다. 그리 보면 신은 인성을 지닌 사람인지도 모른다.

세상은 온통 신들의 힘으로 돌아가는 듯싶다. 신들은 시기하고 질투하며, 뜨겁게 사랑도 나누다 도발적인 전쟁도 해가며 세상을 쥐락펴락 주무른다. 그들은 당근과 채찍을 휘두르며, 세상을 극락으로 만들었다 지옥으로 변신시키는가 하면 졸지에 아수라장을 만들기도 한다.

수많은 신들을 만나며 나는 인생을 배웠다. 조건 없는 절대복종으로 나를 낮추는 법을 알게 되었고, 신들과 부딪히며 정체된 삶을 흐르게 했으며, 나와 다른 신과 어울리며 다양한 삶을 터득했다. 돌이켜보면 좋은 신이든 나쁜 신이든 모두가 나의 삶을 살찌게 해 준 스승들이었다.

이제 눈부신 문명의 발달은 사람을 절대 신의 경지에 올려놓은 것도 같다. 지구별을 파괴할 정도의 핵무기도 만들었고, 대리모 자궁에 아기를 점지할 정도의 삼신할머니의 능력도 가졌으니 사람들은 가히 신의 경지에 올랐다고도 할 수 있지 않겠는가.

하지만 엄청난 능력을 지닌 사람들이 그렇다면 얼마나 행복해졌을까. 친부모를 죽이고서도 그 아픔을 실감하지 못하고, 자신의 이득 때문에 친구를 배신하며 위기로 몰아넣는 사람들의 마음 밭을 무엇이라 정의 내릴 수 있을까. 사람들의 영혼은 점점 더 추악한 얼굴로 황폐되어 가고 있는 것은 아닐까.

급속도로 발전된 문명과 반비례해서 지구별 사람들의 영혼은 점점 더 피폐해지고 파손되어 파멸로 치닫고 있다. 그들은 치열한 물질 위주의 세상에서 살아남기 위해 잔혹한 이기주의와 독선의 질주로 자신이 파괴될 바벨탑을 쌓고 있는 것은 아닌지 모르겠다.

사람들의 따뜻했던 가슴은 신이 되려고 힘들게 몸부림치는 사이에 차갑게 식어갔을 것만 같다. 그 따스함이 자취를 감추자, 동물적 육신인 인간에게서 났던 푸근한 사람 냄새마저도 사라졌다. 자신을 사랑하고 자연과 이웃을 자기처럼 아끼던 더불어 삶의 원칙이 깨진 것이다.

이제 신이 된 사람들은 넉넉한 가슴으로 지구별의 모든 생명체에게 사랑과 자비를 베풀 때가 된 듯싶다. 신으로 탈바꿈한 사람들이 만드는 새로운 신화는, 풍요롭고 따뜻한 사랑이 가득한 아름다운 삶의 이야기가 되었으면 좋겠다.

# 팬지

색색의 나비가 접시에 앉았다. 자줏빛, 노란빛, 보랏빛, 남빛 나비가 초록 잎 위에서 화사하게 날개를 펼쳤다. 싱그러운 계절을 찬양이라도 하듯 색동 나비들은 접시 위에서 화려한 춤을 추고 있었다.

일 년에 한 번 학교에서 열리는 '한국의 날' 점심 테이블에 올라온 크리스틴 아버지의 샐러드다. 그는 한국인 3세로 한국어가 어눌해서인지, 아니면 수줍은 성격 탓인지 남 앞에서 자신을 잘 드러내지 않았다. 하지만 딸 바보인 그는 어쩌다 자신의 딸 이름만 나오면 온몸에 신경을 곤두세우곤 했다.

낮은 의자조차 힘들어 작은 계단을 짚어야 겨우 의자에 올라앉을 수 있는 크리스틴은 유전병인 왜소증을 앓고 있었다. 그녀는 다리의 관절이 더 이상 자라지 않는 난쟁이였다. 초등학생이지만 잦은 빈뇨로 기저귀를 착용해야 했는가 하면, 체육시간에는 운동장 한 귀퉁이만을 지켜야 했다.

　세월이 지난 어느 날 커피숍에서 우연히 만난 크리스틴의 아버지는 그녀의 고등학교 미술 전람회에 나를 초청했다. 전시장에 들어서자 특이한 크리스틴의 '팬지' 그림이 강렬하게 나의 눈을 끌었다. 타오르는 열정으로 혼신을 다해 자신을 피워낸 꽃은 추운 계절의 온갖 고난과 역경을 딛고 핀 팬지였다.

　그림 속에는 장애인의 상처와 아픔이 진하게 엉켜 있는가 하면, 삶의 끈질긴 집념과 인내 그리고 인간 승리의 희열을 상징하는 듯한 강한 색채들이 과감하게 표출되어 있었다. 마치 자신의 영혼을 그대로 엎질러 놓은 듯한 회화는 장애인 크리스틴의 자화상 같아 보였다. 영광스러운 일등의 영예를 안은 그녀의 그림은 편안하고도 일상적인 정물화와는 비교가 안 되게 순수와 사색 그리고 고독과 열정이 녹아 있었다.

　'생각하다'라는 프랑스 말에서 유래된 팬지여서인지, 꽃은 삶의 의미를 생각하며 침묵하는 철학자의 모습을 닮았다. 유한한 삶 속에서 무한한 침묵의 사고를 하는 것 같다고 할까. 팬지가 수많은 삶이 언어들을 묵언으로 대변한다면, 장애인 크리스틴은 온몸으로 인생을 말하는 것 같았다. 그녀는 삶을 어떻게 정의 내릴까. 거칠고 지루하기만 한 자갈밭 길이라고 생각할까, 아니면 질척거리고 험난하지만 제법 걸어볼 만한 오솔길이라고 여길까.

　왜소증인 난쟁이는 특이한 생김새로 서커스단에서조차 웃음거리이니, 세상의 딱딱한 잣대는 그녀를 아프게 매질했을는지도 모른다. 색색의 색동저고리를 입은 팬지처럼, 순수하고 꾸밈없던 크리스틴도 한때는 우윳빛 동화가 영혼에서 피어나고 풋풋한 꿈이 가슴 가득히 채워졌으리라. 하지만 가분수적인 몸매에 우스꽝스러운 짧은 다리는 자주 또래 아이들의 놀림거리가 되었을 것이 틀림없다. 남과 다르다는 것 하나로, 삶이 통째로 날아가 버리는 세상의 흑백 논리는 얼마나 그녀를 작고 초라하게 만들었을까.

나비 모양의 팬지처럼, 크리스틴은 한 마리의 작은 나비였는지도 모른다. 고치 집을 지었다 몇 번이나 눈물겹게 찢고 나와야 했던 그녀는 고달픈 나비의 삶을 거쳤음이 분명하다. 어느 날의 정상적인 비상을 위해 나비는 얼마나 고된 노력을 하였을까. 좁은 고치 안에서의 나비의 몸부림은 자신의 몸통액체로 날개를 젖게 하고 단단하게 만들어 언젠가의 푸른 비상을 준비했는지도 모른다.

어느 날이었다. 은행에서 잠깐 스친 그녀가 미술품을 전시하고 판매하는 화랑을 열었다며 반갑게 명함을 건네 왔다. 네모난 명함 속의 화랑 이름이 '팬지'였다. 팬지꽃에 매료된 그녀는 화랑 이름까지도 그렇게 지었나 보다. 억센 계절을 이겨내고 보람찬 봉오리를 품은 팬지처럼, 미술대학을 졸업한 그녀는 그 분야에서 제법 성공적인 미술가로 활약하며 화랑을 만들고 이제야 삶의 봉오리를 맺는 것 같다.

신체장애자가 영혼의 불구자로 전락되는 것과는 달리, 자존감이 탄탄한 그녀는 장애를 딛고 꿋꿋이 일어난 듯싶다. 타인에 관계없이 자기 자신을 스스로 존중하고, 사랑하고, 인정하는 것을 자존감이라 했던가. 그녀의 장애는 거친 삶의 기름진 밑거름으로 자양분이 되었을 듯싶다. 고난으로 엮어진 튼실한 뿌리가 순수한 영혼을 지탱해 주었기에, 그녀는 바람 많은 삶을 지탱할 수 있었는지도 모르겠다.

몇 년의 세월이 흐른 어느 오후였다. 장애인 크리스틴이 정상인의 주차장에서 자신의 분신과 함께 차에서 내리고 있었다. 불구자 사인을 차에 붙이고 장애자 자리에 주차하는 정상인과는 매우 대조적이었다. 몇 년 전에 결혼한 그녀는 장애자협회의 책임을 맡아 그곳에서 장애 아동들에게 아트를 가르치며 형편이 어려운 아이에게는 장학금도 보조해 준다고 했다.

찬 겨울을 참으며 봄과 함께 온갖 빛깔의 꽃을 피워 낸 팬지처럼, 그녀도 추운 계절을 인내하며 자신만의 빛깔로 성숙된 삶의 꽃을 곱게 피운 것 같다. 하늘거리는 팬지꽃에 바람과 해와 달과 그리고 강물이 담겼다면, 크리스틴의 영혼에는 긴 시간의 인내와 신념과 그리고 하염없는 열정이 세월과 함께 용해되며 숙성되었으리라.

겉모양이 정상이면서도 영혼이 불구인 삶보다, 장애자로 태어났지만 혼이 반듯한 크리스틴의 삶은 얼마나 자랑스러운 것일까.

색과 향내로 속내를 표현하는 팬지같이, 그녀도 긍정적인 삶의 의지를 온 영혼과 의지로 표출한 것은 아닐까. 생명체의 한계와 무한대의 침묵이 합쳐져 팬지꽃이 피었다면 크리스틴은 장애라는 한계와 끝없는 노력을 합성해, 세상에는 더 이상 장애인이 존재하지 않음을 보여준 것도 같다.

장애인과 정상인의 차이는 무엇일까. 둘 다 우주에 존재하는 생명체이지만, 타고난 모양새가 다를 뿐 아닌가. 어찌 보면 모든 세상 사람들은 가슴 한 켠에 나름대로의 보이지 않는 장애가 숨어 있는 장애자일지도 모른다.

생각해보면 팬지의 꽃말인 '나를 생각해 주세요'는 세상의 모든 유정 무정의 생명체를 '나"의 의미로 반추해 보라는 뜻인 것도 같다. 세상에 존재하는 모든 것에는 각각의 의미가 있어 버릴 것이 없이 모두 소중하다는 뜻일 것이다.

한 송이 아름다운 팬지로 피어난 크리스틴을 보며, 또 다른 매혹적인 향기에 매료 된다.

# 옷

이스라엘 여자가 된다. 눈에 잘 띄지 않는 색상에다 치마의 매무새가 이스라엘 풍이다. 유대인 동네에서 살고 있는 나는 언제부터인가 자연스레 그들의 옷을 입게 되었다. 거울 앞에 선다. 낯선 유대 여자가 면경 속에 어설프게 서있다. 복잡한 절차없이 국적까지 찰나에 변경시키는 옷은 그 변화가 공작의 날개 짓처럼 다채롭기만 하다.

시대의 옷에는 그 시절의 멋과 정서와 문화가 배어있는 것 같다. 그것에는 그 당시의 철학과 예술도 숨어있다. 그러기에 옛무덤에서 발견된 고전의 복식에서 우리는 그 시절의 생활 습관과 삶의 가치관을 읽어내지 않는가. 그리 보면 내가 지금 입고 있는 옷에는 살아 숨 쉬는 현재의 문화와 나의 독특한 취향과 가치관이 한 땀 한 땀 박음질되어 있는지도 모른다. 세월의 흐름을 기록한 것이 역사라면, 그 어느 한 페이지에는 현재의 세상과 내가 그대로 녹아있는 나의 옷이 기록돼 있을 법도 하다.

불가에서는 삶의 끈을 놓으면 금생의 헌옷을 벗고 내생의 새 옷을 입는다고 했다. 그것에서의 옷의 의미는 건너야만 하는 자신만의 카르마 같은 것일 것이다. 그래서인가, 몸에 불편한 옷을 벗으면 순간 편안해지는 것은 잠시 자신의 업을 내려놓기 때문일 듯도 싶다.

벗기고 벗겨도 새로운 겹의 옷을 입은 양파처럼, 나도 여러 겹의 옷을 입고 있다. 바깥세상에서 보면 그럴듯한 겉옷, 그것은 금방이라도 벗겨질 듯 얇아 속이 환히 들여다보인다. 그 아래로는 실제보다 다르게 보이는 위선과 정화되지 않은 동물적 속성의 옷이 자리 잡고 있다. 동물적 본능이 녹아 있어서인지, 그것에 가까이 가면 이상한 냄새가 난다. 그 밑으로 순수한 가슴을 둘러싸고 있는 옷, 가식과 꾸밈이 전혀 없어 어쩌면 초라해 보이기까지 한 진실의 옷이 숨 쉬고 있다. 솔직한 속옷이 그대로 내보여지면 주변 가슴들은 깊은 감동에 빠지기도 한다. 하지만 꾸밈없는 그것은 지난 세월의 상처가 남긴 보기 흉한 흉터들 때문에 되도록이면 감추려고 애를 쓴다.

재미난 것은, 여러 겹의 옷은 저마다의 어떤 우주를 하나씩 품고 있다는 것이다. 우아한 우주가 있는가 하면, 원색적인 욕심에서 생겨난 질투와 시샘의 부정적인 세계도 있고, 빈약하고 앙상해서 아무 것도 내 보일 것이 없는 초라한 세상도 있다. 어쩌면 인생은 수많은 겹의 옷을 온 평생 갈아입다 삶의 끈을 놓으며 얽히고 설킨 금생의 옷을 벗게 되는지도 모른다.

어릴 때는 어머니가 지어준 옷을 입었다. 철이 들자 세상이 만들어준 옷가지를 걸쳤다. 결혼을 하자 그것은 가족에 맞는 것으로 바뀌었다. 그러다 아이들이 성장해 하나 둘 낡은 둥지를 떠나가자, 밀려드는 세월 속에 나는 갑자기 발가벗겨진 것을 발견했다. 내 고유의 옷을 미처 짓지 못한 것이다.

옷을 마름질해야 할까 보다. 독특한 색깔과 영혼이 들어간 나만의 옷을 지어 보리라. 미련한 나는 아직도 내 옷이 어떤 것일지 모른다. 어설프게 붙였다 뜯어내고 서툴게 박음질하는가 하면, 통째로 헐어 버리며 새롭게 재단을한다. 내 삶을 정의 내리기 힘들듯, 나의 옷은 아직도 지었다 고치고 다시 허물며 끊임없이 손을 보고 있다. 어쩌면 시행착오로 지나간 삶처럼, 나는 아직도 서툰 옷을 힘들게 짓고 있는지도 모르겠다.

나는 어떤 옷을 만들게 될까. 중심이 없이 너무 가벼워 언제 어디서나 벗겨지기 쉬운 옷일까. 심하게 폐쇄되어 필요할 때 벗으려 해도 벗기 힘든 것인가. 너무 무겁고 부담스러워 움직이기조차 힘든 것일까. 화려해 보이지만 불편한 것일까. 남루해 보이지만 편한 옷일까.

나무는 가을부터 옷을 벗기 시작하더니 추운 겨울이 되자 그나마 걸쳤던 옷들을 모두 벗으며 발가숭이가 된다. 용감하고 과감하게 온몸을 적나라하게 내 보이는 것이다. 그것은 볼품없고 결점 많은 자신의 속살을 정직하게 드러냄으로써 진실한 삶의 모습을 보여주고 있는지도 모른다. 그래서일까, 앙상하고 초라하지만 솔직한 겨울나무를 바라보고 있으면 왠지 삶을 다시 한 번 돌아보며 사유에 빠지게 된다.

이제 내 작은 키와 우스꽝스레 살진 몸을 보듬어주고 넉넉하게 품어줄 편한 옷가지를 지어야겠다. 허영에 들뜨지 않고 분수에 맞는 나다운 옷, 누가 보아도 언제 보아도 내 것인 줄 알아맞히는 그런 옷을 지어야겠다. 모자란 내가 소박하게 내보여 주변 모두가 편해지고 어색해지지 않는 의복, 입고 있으면 나도 편해지고 주변도 편안해지는 격에 맞는 옷이다. 더 욕심을 내자면 나무의 옷처럼 더운 여름에 이웃에게 그늘이 되어주고 추운 겨울이면 바람막이로 삶의 버팀목이 되어주는 도움이 되는 것이면 좋겠다. 상처 난 삶을 온아하게 보듬어 줄 수 있는 넉넉하고도 따뜻한 옷, 그런 것을 지어 입고 침묵 속에 사유하며 삶 가운데에 겸손히 서 있으면 좋겠다.

# 눈

　맑아야 할 눈이 이상하다. 차를 운전하려고 핸들을 잡았는데 오른쪽 눈가에 띠를 두른 물질들이 떠다닌다. 개구리 알같이 투명하지만 검은 테를 두른 듯 작은 사각형 물체가 3D 영화처럼 허공에 뜬 채 방황한다. 먼지인줄 알고 손으로 떼어내려 했지만 잡히지가 않는다. 이리저리 손을 휘저어 보아도 눈 안 어딘가에 자리한 탓에 잡을 수가 없다. 눈은 연극 무대의 가장자리 같은 곳에 자신의 파편들을 띄워놓고, 삶이 한판의 연극 같지만 탈이 날수도 있다는 것을 보여주는 것도 같다.

　눈에 아른거리며 움직이지만 만질 수 없는 부유물은 투명한 혼령 같다. 분명히 있지만 손에 닿지도, 잡을 수도 없는 혼백 같은 그런 것이다. 그렇다면 세상을 바라만 보던 눈에 무슨 한이 그리 많아 허공을 떠도는 혼이 되었을까. 그것은 이기주의와 각박해진 세상살이에서 소외된 춥고 배고픈 이들을 둘러보며 한탄하고 있는지도 모른다. 메말라가는 세상에 쓸쓸해진 눈은, 자신의 일부를 한 조각씩 떨어뜨리며 눈물을 흘리는 것일 듯도 싶다.

어찌 보면 눈은 맑은 눈의 수정체가 인드라망 처럼, 작은 구슬 하나하나로 엮어졌다는 것을 보여주려 분리되고 있는지도 모른다. 인간과 자연, 공간과 시간, 정신과 물질 등의 무궁무진한 인연들 끼리 서로 이어져 서로를 투영하며 받아들여 우주의 삼라만상을 이룬다는 인드라 망. 세상 모든 법이 각각의 구슬 같아 그 개체마다 아름답지만 서로가 서로에게 빛을 주고받는 인연인지라 뗄래야 뗄 수가 없는 하나를 이룬다는 연기법을 설하고 있는지도 모른다.

그것도 아니면 지수화풍의 기운으로 뭉쳤던 눈의 구성물들이 생명체 모두가 그렇듯 원래의 빈곳으로 돌아가기 위해 몸을 조금씩 분해하고 있을 지도 모르겠다.

언제 부터인가 내 눈의 부유물들은 눈 안에서 그 주변을 돌기 시작했다. 나를 돌고 있는 또 다른 나. 지구와 세상과 내가 함께 돌아간다. 인생은 돌고 도는 것이라 했을까. 빙글 빙글 돌아가며 처음은 마지막과 만나고 그래서 그것은 다시 시작하는 원점이 된다. 돈다는 것은 움직이는 것이고, 살아 있다는 뜻일 것이다. 어쩌면 세상은 돌아야 열릴 것이고 더욱 다채로워 질 듯 싶다.

안과 의사는 동굴같이 컴컴한 검사실에서 눈을 확대시키는 약을 세 번이나 투입했다. 의사는 전기 수리공처럼 거미줄 같이 붉고 푸른 혈관들을 찬찬히 분별 지으며, 확대된 눈 안을 동굴 탐사하듯 세밀히 살폈다. 나의 삶을 확대해서 자세히 들여다보려는 듯, 내 작은 우주를 늘려 정밀 검사를 하는 것이다.

확대된 둥근 동공 안에는 우주가 살아 움직일 것이다. 삶의 생로병사와 온갖 희비애락(喜悲哀樂)이 형태를 바꾸며 그곳에서 모습을 나투기 때문이다. 훈훈한 고마움에 동공은 따뜻한 봄볕처럼 열리는가 하면, 화사한 여름 꽃처럼 화들짝 피어난 기쁨은 눈동자를 크게 확대시킨다. 동공은 맑은 물에 비친 새초롬한 달 모양, 감성의 변화에 따라 자신의 즐거움과 슬픔을 적나라하게 표출하는 곳이 아닌가. 눈동자는 내 마음의 삼라만상이 그대로 드러낸 나만의 우주 공간이리라.

검사 결과를 기다리며 내 눈은 어쩌면 바다일지도 모른다는 생각을 한다. 순간마다 시야에 들어오는 물체를 크던 작던 따스하게 품어주고 보내주기도 하는 바다. 때로는 걷잡을 수 없이 큰 파도를 범람시키는 성난 야수이기도 하지만, 다음 날 아침이면 희망이 솟아오르는 곳이다. 그러기에 눈에는 영혼의 온갖 감정들이 바닷물처럼 꿈틀대고 있다. 한낮의 태양인 양 이글거리고 타오르다, 슬픔이 몰려오면 한없이 출렁거리며 오열하는 눈이 아니던가. 흐르는 눈물의 맛이 짠 것은 바다의 염분 때문일 것이다.

눈은 우뚝 선 등대모양 몸의 높은 전망대에 올라앉아, 날카로운 시선으로 밖의 세상을 관찰한다. 그런가하면 삶의 언저리를 에워

싼 영혼의 눈은, 세상이 만들어 낸 가슴속의 파장들을 내면 깊이 성찰하는 밝은 혼의 눈까지 창조해 낸다.

둥근 확대경을 눈 위에 얹은 의사는 가볍게 말했다.

"눈에 떠있는 물체들은 차츰 가라앉을 겁니다. 그것이 너무 빨리 사라져도 걱정입니다. 뭐 일상 속에서의 일탈이 별것 아니듯, 그곳에 떠있는 물체도 별것 아닙니다."

문득 밀폐된 공간에서 의사가 말한 눈의 티는 삶의 티끌로 가슴에 확대되어 온다. 의사의 말처럼 삶의 불합리한 잡티들이 너무 빨리 사라져도 문제이다. 때로는 부조리한 그것조차도 어떤 의미가 있기 때문이다. 잡티는 잡티가 없는 온전한 부분을 드러내주고, 그것의 불편함을 잊지 않도록 하는 그 자체만으로도 의미가 있는 것이 아닐까.

돌아보면 눈의 뜬 작은 먼지들은 지루한 일상을 흔들어준 신선한 충격이었다. 옥의 세자(細疵)가 옥의 깨끗한 부분을 더 강조시켜 주듯, 삶의 티는 그것이 없던 평상적인 삶이 얼마나 다행스러운가를 깨우쳐 주며 더 이상의 병변이 없는 평범한 하루를 감사하게 만든 것이다. 인생의 티끌은 때때로 삶의 의미를 다시 점검하게 하고 생이 더 이상 부정적으로 흘러가지 않도록 중심을 잡아주는 나침반인지도 모른다.

# 손

병 모양이 특이하다. 다섯 손가락처럼 생긴 푸른 빛 병이다. 모습이 특이하기에 언젠가 바닷가 변두리의 벼룩시장에서 구입했다.

파란 손의 유리를 통해 세상이 보인다. 온 세상 바다를 열어놓은 듯, 푸른빛으로 이어진 손이다. 주변을 싸안은 듯한 유리 손을 통해, 주위는 온통 파란빛으로 채색되어 파란 접시, 푸른 창문으로 변한다. 주위가 푸르러지자 눈과 마음에서 푸른 새싹이 파릇파릇 돋아나는지 싱그러운 느낌이 온통 퍼지는 듯하다. 파란 해가 반짝이고 파란 꽃이 피어나고 세상이 온통 푸른 손 안에 잠긴다.

영혼은 때때로 손을 통해 뚜렷한 표식을 남긴다. 죄인을 잡아갈 때도 손에 수갑을 채우는 이유는 그것은 실천이기 때문일 것이다. 혼의 끝이 닿아있는 손, 나쁜 생각 자체로는 죄가 성립되지 않지만 손을 거친 그것은 죄가 될 수 있을 것이다.

무슨 연유로 손은 유리로 만들어졌을까. 아마도 손은 소중한 것이기에 깨지기 쉬운 유리처럼 조심해서 다루라는 뜻일지도 모르겠다. 어쩌면 유리 손을 만든 사람은 유리같이 투명한 손을 원했을 듯도 싶다. 안이 투명해 어디에서 보아도 떳떳한 손을 원하고 있는지도 모른다.

어쩌면 유리 손은 부주의로 격렬하게 부서질 수도 다시 만들어질 수도 있기에, 손이 만든 삶 역시 파괴될 수도 다시 창조될 수도 있음을 은유적으로 말하는 것인지도 모른다. 미켈란젤로의 '천지창조'의 벽화 속에도 손에서 손으로 혼이 전달된 것을 보면 그것에는 깊은 의미가 숨어 있을 듯싶다. 손은 삶의 시작과 마지막일지도 모른다.

손을 가만히 들여다본다. 그곳에는 작은 강도 흐르고 산맥도 솟아나 있고 넓고 평평한 평야도 있다. 돋아나온 푸른 혈관 아래로 정맥피가 시냇물같이 흐르고, 작은 능선같이 솟은 다섯 손가락 뼈들이 굳건하게 손을 지탱하고 있다. 작은 우주가 펼쳐져 있는 손에는 나름대로의 소박한 삶도 깃들어있는 것같다.

손가락이 길어 재빠르지 못하고 일도 잘 못하는 나의 손은, 여물은 어머니 손에 비하면 언제나 모자랐다. 어린 시절에는 어머니의 약손이 만든 처방으로도 아픈 몸을 추스르기가 힘에 겨웠다. 사춘기가 되어 건강을 되찾을 때까지 철마다 도는 유행병은 물론 겨울이면 감기와 기침을 여름이면 배탈을 몸에 달고 살았다. 어머니는 가늘고 핏기 없는 나의 손을 잡고 제발 아프지 말아 달라고 부탁을 하곤 했다. 아무 보탬도 되지 않고 부담만 주는 손이었지만 어머니에게는 살아 있어 주어 고마운 손이었나 보다. 부실했던 나의 손은 약삭빠르지 못한 것은 물론 쥐어준 것조차 놓쳐버리는, 설익은 땡감같이 삶에 도움이 안 되는 보잘것없는 손이었다.

어느새 작은 둥지의 어미가 되며 제법 손이 쓸모 있어 지자, 세월의 나이테는 여린 그것 위에 수많은 시간의 흔적들을 새겨 놓았다. 낡은 동아줄처럼 닳고 빛이 바랜 손, 하루에도 몇 번씩이나 삶의 뜨거움과 차가움을 견뎌내며 마디마디에서 여물어가야 했던 그것이다. 생각해 보면 세월과 함께 퇴색되어 간 손에는 내 삶의 이야기들이 섬세하게 쓰여져 있을 듯싶다.

어느 날이었다. 무언가를 빨리 집으려다 목표물이 미끄러지는 바람에 손가락 주변의 인대를 다쳤다. 손이 부어오르고 통증이 며칠 계속되었다. 모든 잘못을 대신해 벌을 받는 듯 손은 굽히지도 펴지도 못한 채 엉거주춤 해졌다. 평소에는 있는지 없는지 의식도 못하던 손이, 무엇을 잡거나 운반해야 할 때 제 구실을 못하니 삶이 불편해지기 시작했다. 그런데 이상한 것은 손을 필요로 할 때마다 아픈 손은 반사적으로 자신의 몸을 뒤척이며 움직이려 애쓰는 것이다. 본능적으로 휘저어 잡으려고도 하고 근육을 뒤틀며 물건을 옮기려고도 했다. 손은 평생 그러했듯이 자신의 불편한 처지를 상관치 않고 몸을 살리기 위해 정성을 다하는 것이다.

어찌 보면 손은 어떤 조건 속에서도 묵묵히 집안을 꾸려가는 어머니 같다. 불가사리를 닮은 어머니. 별을 닮은 그것은 춥고 외로운 겨울날 꿋꿋하게 밤하늘을 지키는 별만큼이나 끈질긴 자생력을 지녔다. 그것의 생명력은 대단해 생명이 살기 힘든 남극이나 북극의 심해에서도 생존한다. 강한 그것은 몸을 여러 조각으로 잘라도 죽지 않고 살아난다 하여 '불가사리〔不可殺伊〕'라 했다. 그래서인가 한평생 동안 육이오 사변을 비롯해 몇 개의 전쟁을 치러 내면서도 육남매를 탈 없이 키워낸 어머니의 손은 그것과 발음도 비슷한 불가사의(不可思議)이다.

손을 보석의 금(金)과 같다고 했을까. 우주의 감마선 폭발에서 만들어졌을 금(金)은 흔들리지 않는 자신의 가치를 어디에도 견주지 않고 성실히 존재한다. 세상 누구도 금의 가치를 높다고 혹은 낮다고 말할 수 없듯, 삶을 만들고 있는 누군가의 손도 그 모양 그대로 비교할 수 없는 절대적인 금과 같은 존재일 것 같다. 네 발로 기어 다닐 때는 발이 되었다가 더듬어 사물을 분별해 낼 때는 밝은 눈으로도 변하는 신비스러운 손. 그 안에는 건강과 운명, 나아가서는 삶의 역사까지 모두 간직되어 있다.

희미해진 지문위에 잔주름이 수없이 잡힌 손을 들여다본다. 높은 산의 바위가 수많은 세월의 풍화를 겪으며 쓸 만한 돌이 되듯이, 팽팽했던 손은 지나온 시간만큼이나 긴 시련 속에서 반듯이

다듬어졌나 보다. 설익어 팽팽하기만 했던 나의 손은 어느덧 세월 속에 영글었는지 비우는 것이 채우는 것임을 서서히 알게 되었다. 세상을 다 쥘 것 같던 손이었지만 조금씩 놓음으로써 영혼이 더욱 풍요로워지는 것을 깨닫게 된 것이다.

이제 완벽을 향해 주먹을 다지기보다는, 이웃에 보탬이 되는 풍성하고도 훈훈한 손이 되었으면 좋겠다. 남의 부족함을 손가락 질하고 탓하는 부끄러운 손이 아니라, 영혼에서 우러나오는 넉넉 함으로 포근히 보듬어줄 수 있는 따뜻한 손이 되고 싶다.

# 세탁

빨래를 한다. 세탁물 양에 맞추어 세탁기의 물 조절 버튼을 누르자 폭포수 같은 물이 콸콸 쏟아진다. 하루가 시작되려면 둥근 해가 세상에 그 낯을 내보이듯, 빨래를 하려면 수소 분자 2개와 산소 분자 1개가 결합된 물이 그 몸을 나투어야 한다. 빨래 통을 가득 채운 물에 생선비늘같이 미끈대는 가루비누를 한 수쿱 넣는다. 잠시 후 안개같이 퍼지는 거품 위로 작은 무지개들이 찰나를 존재하기 위해 반짝이며 태어난다.

끓어오르는 삶처럼 한순간 허망하게 사라질 하얀 포말들은 이제 산같이 부풀어 커지며 세탁기 안을 가득 메웠다. 체중이 불며 입기 시작한 검정 바지와 검정 셔츠 그리고 색색의 양말 등을 세탁기 안으로 던져 넣는다. 거리를 나서면 부딪히는 각기 다른 사람들처럼 빨랫감들은 각양각색이다. 사람의 성격이 다르듯 빛깔이 다르고, 교육 수준이 틀리듯 옷감이 다르고, 사람들의 외모처럼 모양도 각각이다.

빠른 세상이 빙빙 돌듯 빨래기계가 철철 돌아간다. 그 안의 빨랫감들도 기계에 맞추어 몸을 빠릿빠릿하게 움직이는 듯싶다. 마치 세상이 열렬히 돌아가면 그 속의 사람들도 세상에 맞추어 맹렬해지듯이 말이다. 비눗물이 색색가지 옷들의 목까지 차오르자 그것들은 숨이 찬 듯 깔딱거리기 시작한다. 지지고 볶는 삶의 한 순간처럼, 빨랫감들은 이제 흔들어 문지르고 휘저어 돌려대는 시달림들을 모두 견뎌내야만 한다.

잠시 멈추는가 싶던 세탁기가 옷들을 다시 심하게 뒤틀기 시작한다. 가슴이며 온 전신에 뒤죽박죽 헛장인 듯 불어난 비눗물을 모두 빼내기 위해서다. 옷들은 비틀리고 짓눌리며 전신이 힘들게 다져진다. 세탁기는 자기식대로의 고집으로 휘돌아가다 멈추고 다시 돌려 누르며 꼭 물려 토해내지 못한 얼룩의 오점들을 힘주어 짜낸다. 그것은 얼룩이 거의 사라졌다 싶어도 빨랫감들을 다시 휘몰고 뒤틀어 끝내는 고였던 물과 함께 모든 오염물질을 모두 뱉어내게 만든다.

세탁기는 고된 인생살이에서처럼 정신 못 차리게 비눗물을 퍼붓고 때 묻은 옷을 사정없이 쥐어짜며 옥죄었지만, 그것은 삶의 오염물질을 정화시켜 또 다른 새로움으로 태어나기 위해서이다. 고난은 견뎌내야만 그 가치가 있듯이 그것들의 피나는 과정은 열렬한 삶으로 가기 위한 디딤돌이다. 세탁에는 인생을 살아가는 모습이 삶의 모습이 진하게 숨어있는 듯싶다.

빨래가 끝나자 세탁기는 싸한 침묵에 빠졌다. 그것은 집 한 모퉁이에 하얀 빛 옷을 입고 정좌한 채 아무렇지도 않게 세상을 돌려댔다. 서두르지도 않을 뿐 아니라 단계마다의 사이클에 맞춰 쉬엄쉬엄 숨을 고르며 세간을 돌렸다. 두꺼비 걸음모양 세상을 한 박자 늦추어 간다고 무엇이 그리 달라진단 말인가. 세상살이가 지지고 볶으면서도 순리에 맞춰 걷다보면 힘들고 고되지만 끝내는 이루어진다는 것을 세탁기는 은밀히 말해주는 듯하다.

이제 영혼까지 깨끗해진 빨래가 원래의 모습으로 화창한 볕에 몸을 드러냈다. 세상이 모두 열린 듯 온통 혼까지 비워진 옷들은 바람결에 자신의 속내를 내보이며 종횡자재로 출렁거린다. 비워진다는 것은 어디에도 걸림이 없어지는 것인가 보다.

생각해 보면 나의 영혼도 때때로 세탁을 해야 될 듯싶다. 가슴 안에 물든 오만과 편견 그리고 때 묻은 아집 모두를 깔끔하게 정화시켜야 되기 때문이다. 영혼 속을 가득 메운 때 묻은 사념들을 영혼의 비눗물에 잠기게 할 것이다. 잠시 후 깔딱거리는 생각들 사이로 혼의 비눗물이 잔뜩 차오르고 세상이 돌듯 기계가 돌면, 가슴을 휘젓던 뒤죽박죽 섞인 속된 생각들은 휘저어지고 뒤틀려지며 더 이상 머무를 수 없도록 힘주어 짜질 것이다. 그리하여 가슴의 오염물질이 모두 빠져나가 텅 비어지면 영혼은 걸리지 않는 바람같이 한없이 자유로워지리라. 하지만 뼈를 깎는 수행을 거치고도 시간이 지나면 오염되고야 마는 나는, 삶이 계속되는 한 얼룩진 세탁물처럼 지속적인 혼(魂)의 세탁을 해야 할 듯싶다.

5

# 김영애의 수필 세계

정목일
삶의 본질과 핵심에서 피워낸 자각의 꽃

곽흥렬
자기만의 색깔로 수놓은 생애의 통찰

김영애의 수필은 인생 본질적 문제의 핵심을 투시하고 있다. 그의 시선은 항상 근원적인 핵심에 닿아있다. 문제의 핵심을 분석하고, 이성적인 시각으로 수술에 임하는 의사처럼 날카로움과 직관력이 돋보인다.
–정목일

단언컨대 김영애 수필가의 수필은 여자가 썼으되 전혀 여자가 쓴 것 같지 않은 수필이 바로 김영애의 수필이다. 그는 표현력과 사유의 힘을 동시에 지니고 있는 작가임을 편 편마다 보여주고 있다. 이 점이 그의 수필이 지니고 있는 미덕이라고 하겠다.
– 곽흥렬

# 삶의 본질과 핵심에서 피워낸 자각의 꽃
**-김영애의 수필 세계**

**鄭木日** | 한국문인협회 부이사장

## 1.

재미수필가 김영애의 수필을 주목한다.

여느 수필가의 삶에 대한 고백과 인생의 발견과 깨달음을 담아 놓은 것과는 사뭇 다르다. 여류수필가의 예민한 감성과 일상의 삶을 담아 놓은 정갈한 접시의 모습이 아니다. 그의 화법(話法)은 귀엣말처럼 속삭이거나, 정겹게 들려주지 않는다. 삶의 본질, 문제의 핵심을 파고든다. 어떤 일이나 문제에 직면하면, 전체를 통찰하면서 단도직입적으로 핵심 파악과 방법의 실마리를 찾아낸다. 삶과 부딪치는 난제(難題)들에 대해 감성을 버리고, 이성적인 판별력으로 바람직한 해결점을 찾아낸다.

김영애의 수필은 여성들이 다루는 말랑말랑한 소재와 달콤한 위안이나 감성을 팽개치고, 인생 본질적 문제의 핵심을 투시하고 있다. 그의 시선은 항상 근원적인 핵심에 닿아있다. 여류 수필가들이 인생문제의 핵심에서 벗어나 여유, 산책, 정서, 취미, 멋 등 가벼운 소재들을 다루고 있지만, 김영애는 문제의 핵심을 분석하고, 이성적인 시각으로 수술에 임하는 의사처럼 날카로움과 직관력이 돋보인다.

바르게 만든 두 개의 계단 위에 사각형 타일이 정교하게 올라앉는다. 표면이 까칠해 미끄러지지 않게 다듬어진, 제법 실속 있는 타일 계단이다. "계-단", 계급이 다른 단, 어쩌면 아래와 위의 층계는 각각 다른 위치에 존재하기에 갑과 을과 같은 관계로 구별되는지도 모른다. 아래가 있음으로 위가 생겼고, 위로 올라가기 위해서는 아래 계단이 필요하다. 생각해 보면 둘은 적대 관계가 아니라 서로가 서로에게 필요한 상호공생 관계일 듯도 싶다.

계단은 설치거나 나서지 않는다. 그냥 그곳에서 장승처럼 침묵을 지키며 존재할 뿐이다. 누군가가 머리를 밟고 지날 때마다, 김소월 시의 진달래꽃처럼 묵묵히 자신을 내어 줄 뿐이다. 세상이 디디고 지날 수 있게 언제나 온몸을 조아리고 있는 겸손한 계단, 늦은 저녁 피곤한 영혼들이 보금자리로 들어서면 그것은 환하게 피어나는 진달래꽃처럼 고달프고 힘든 하루를 반갑게 맞아 줄 것이다. 진달래꽃의 꽃말처럼 층계는 사랑의 기쁨을 묵언으로 실천하는 듯싶다.

포기하지 않고 한 계단씩 오르면 마침내 목적한 곳에 닿을 수 있는 계단에서 차근차근 노력하며 인내하는 삶을 배운다. 입구를 꼿

꿋이 지키며 묵언 수행하고 있는 계단에는, 여유가 있어야 보이는 정(靜)과 동(動)이 숨어있다.

- 〈계단〉의 일부


인류가 남긴 세계 최대의 석조물이자 불가사의로 불리는 이집트 피라미드의 위용도 계단에 의해 구축되었다. 거대한 삼각 사면체가 이뤄질 수 있었던 것은 계단식 구축형태를 사용하였기 때문이다. 탑이나 성벽, 망루, 종각 등 높은 구조물을 축조하기 위해선 계단이란 이동 장치가 동원돼야 했다.

계단을 높이 오를수록 지상의 것들은 작아 보이고 하찮게 여겨진다. 세상은 더 넓고 광활해 보인다. 계단은 미지에 대한 동경과 더 높고 넓은 세계와의 교감을 위한 욕구의 표현 양식인지도 모른다.

현대생활에 있어서 아파트나 고층 건물의 경우엔 영락없이 엘리베이터가 이동 수단으로 이용된다. 또 부수적으로 계단이 설치돼 있다. 계단은 높이에 대한 동경, 하늘과의 교감을 위해 만들어 낸 건축술의 한 핵심이었다.

계단을 한 단계씩 올라야만 점점 시야가 넓어지고 세상의 사방을 바라볼 수 있음을 알게 한다. 예부터 계단은 노력과 질서, 근면과 경지를 알려주는 말이기도 했다.

한 걸음씩으로 꾸준히 올라야 닿을 수 있는 길이며 경지임을 알려준다. 단숨에 요령을 부려 오를 수 없다는 길임을 가르쳐준다. 순식간에 도약하고 싶은 허욕을 용납하지 않는 계단이다. '계단은 인간이 만든 건축술의 하나이지만, 인생을 살아가는 정도(正道)와 순리의 길을 알려 준다.

## 2.

김영애의 수필세계는 진, 선, 미의 생활을 다루는 여성 소재에서 벗어나 있다. 그가 택한 소재들은 건설현장, 발톱, 리모델링, 슈레더(종이 분쇄기) 등이다. 김영애 수필의 특질은 주제의 무게와 깊이에 있다. 여성수필가의 공통 주제와 소재인 가정, 가족, 취미, 여가, 아름다움 등에서 벗어나 인생의 근원적인 문제에 닿아 있다. 삶과 인생의 의미에 대한 화두와 체험을 통한 삶의 발견과 의미에 초점을 두고 있다. 선(線)이 굵은 사상과 인생적인 무게감을 안겨준다. 사유의 치열성, 주제에 대한 본격성과 탐구를 보여준다. 또한 〈계단〉이란 작품에선 파괴와 창조의 현장을 보여주면서 질서와 조화의 모습을 알려준다.

김영애의 수필은 삶의 주제와의 정면 대결을 보여준다. 문제의 핵심을 들추는 분석력과 통찰이 뛰어나다. 직관력과 깊은 사유, 명쾌한 논리로 시원스런 해결력을 발휘한다. 여성 수필에선 보기 드문 강단과 논리, 능동의 하모니로 김영애 수필가만의 개성과 인생론을 펼치고 있다. 세상 눈치를 보지 않고 자신만의 뚝심과 삶의 지혜가 번쩍거린다. 수필의 경지는 곧 인생의 경지이다. 자신 앞에 놓인 어떤 문제라도 망설이거나 주춤거리지 않고 정면대결로 풀어내는 데서 독자들에게도 쾌감과 용기를 불어 넣는다. 김영애 수필만이 내는 능동의 미학이며 개성의 매력이 아닐 수 없다.

누구나의 가슴속에는 공격적인 발톱이 하나씩 있다. 천당과 지옥이 각자의 마음가짐에 따라 달라지듯 발톱을 곤두세우느냐 눕히느냐는 자신의 선택이다. 발톱을 세워 주변을 공격하느냐 그것을 눕혀 주위와 부드럽게 융화하는가는 자신의 가치관이며 삶의 철학인 것이다.

그러면 나의 발톱은 어떤 것일까. 항상 예리한 발톱을 세워 부정적이고 파괴적인 공박만을 일삼는 것은 아닐까. 아니면 누그러지다 못해 날카로운 발톱이 있는 줄도 모르게 애매모호해져서 비굴하게 방어만 하며 세월 속에 밀려가는 것은 아닐까.

-〈발톱〉 일부

〈발톱〉은 자신의 삶의 모습에 대한 성찰과 반성을 보여준 글이다. 사람마다 자신을 위한 공격과 방어력을 펼치며 삶을 영위하고 있다. 이와 같은 양면은 생존을 위한 본능적인 발로가 아닐 수 없다. 자신을 위한 공격과 방어력을 어떻게 구사하는가는 인생경지와 삶의 지혜이기도 하다. '발톱'의 효용성과 상징성을 결부시킨 인생론의 전개는 흥미를 불러일으킨다.

### 3.

김영애의 〈슈레더〉는 종이분쇄기를 다룬 작품이다. '컴퓨터 옆에는 야수 슈레더 한 마리가 살고 있다. 때로는 걷잡을 수 없이 흉악하고 독한 것이 삶인지라, 포효하는 야수 한 마리 정도는 집 한쪽에 배치해 두어야 안심이 되어서이다.'라고 슈레더 인상을 적고 있다. 서류를 분쇄해 없애기 위한 슈레더와 기록과 정보를 담은 서류는 망각과 기억의 상반성을 안고 있다. 삶이란 기억과 망각 속에 흘러가는 물결처럼 느껴진다. 인생이란 기억과 망각을 안고 지나가는 여정이 아닐까 생각된다.

쏟아져 나오는 옛 서류들은 찢어지고 갈라지며 원래의 얼굴이 무엇인지도 모르게 산산조각이 난다. 괴성을 내며 게걸스럽게 서류를 먹어대는 그놈은 과거와 현재 그리고 미래까지 모두 갉아내어 해치운다. 개인 정보가 담긴 중요한 서류들이 이제는 그놈의 한때 먹잇감에 불과할 뿐이다.

　　－〈슈레더〉의 일부

김영애는 〈슈레더〉에서 기록과 망각의 양면을 보면서 '무소유의 본질은 모든 집착을 버리고 소유욕에서 자유로워지는 것이다.'고 말하고 있다. 기록의 소중함과 함께 망각의 필요성에 대한 고찰이 돋보인다. 김영애의 사유는 한 낱 기구에 불과한 〈슈레더〉의 작업에 대해, '온 세상은 슈레더를 통해 돌아가고 있는 것인지도 모른다. 작은 우주인 나의 몸도 분쇄기 작용을 하며 몸에 들어온 음식 중 취할 것만 취한 뒤 모두 비워내지 않는가. 그런가 하면 우주의 작은 별들도 블랙홀이라는 슈레더로 종종 빨려 들어가 그 자취를 감추며 우주가 정돈된다.'고 했다. 사무실이나 집안에 있는 슈레더의 존재를 우주 공간으로 끌어올려 무한 사유의 경지를 보여준다.

**4.**

구두를 닦는 일은 그 표면을 빈 공간처럼 비운 뒤 자신의 본래 모습을 그대로 살려 내는 것일 게다. 하루의 삶도, 평생의 인생도 세속적인 것을 쓸어내고 실존하는 자신의 모습을 다듬어 반짝이게 하는 것이 아닐까.

끈기 있고 성실한 소의 가죽이 만든 구두에는 꾸준함과 부지런함이 담겨 있을 성싶다. 그런가 하면 활기찬 초록 엽록소를 취하는 소는 하루에도 몇 번씩이나 먹이를 되새김질한다. 생각해 보면 소

의 분신인 가죽 구두도 활기 찬 걸음 속에 자신을 되돌아보는 삶의
성찰을 잊지 말라는 의미가 숨어 있는 듯싶다.

　－〈구두닦이〉의 일부


　김영애는 자신의 생활 모습을 통해 마음의 표면을 바라보고 있
다. 구두를 닦는 일, 얼굴을 씻는 일도 마음과 닿아 있다. 자신의
마음을 씻어내는 일, 마음의 정화작업은 진실과 순수의 샘을 치솟
게 해준다. 마음에서 순수의 샘이 뿜어 올라야 두려움과 거리낌이
사라진다. 마음에서 향기가 나야 삶과 문장에서도 향기가 풍긴다.
수필은 논픽션으로서 인생의 경지가 곧 수필의 경지가 된다. 삶의
한 단면이나 체험일 지라도, 성찰의 눈으로 마음 청소와 더불어
삶의 의미를 찾아보려는 노력이 돋보인다. 마음의 경지는 인생의
경지일 것이며, 곧 수필의 경지임을 알게 해준다. '세속적인 것을
쓸어내고' 마음의 표면을 바라보는 〈구두닦이〉는 곧 인생과 마음
의 연마를 말하고 있다.


　김영애의 수필은 일상의 풍경과 삶 속에 바깥의 겉모습이 아닌
인생의 본질과 영원의 모습에 닿아있다.

　〈리모델링〉은 집을 리모델링하면서 '자신의 몸도 리모델링이
필요한 것이 아닌가?' 하는 생각에서 쓴 작품이다.

영혼의 리모델링을 통해 낡고 부정적인 잡동사니를 모두 내버리고 참신하고 반듯한 마음의 집을 지어 보리라. 하얀 벽장 안에는 인내와 이해를 가득히 채우고, 갈색 마루는 신뢰와 믿음으로 곱게 엮는다. 또 햇볕이 춤추는 창가에는 뜨거운 격려와 작은 일에 감사하는 겸허한 마음이 마구 쏟아지게 하리라. 어둠이 덮히는 밤 온아한 전등불 아래에서는 용서와 화해가 물결치고, 정갈한 부엌에는 언제나 취할 수 있는 때 묻지 않은 영혼의 양식을 가득히 채울 것이다. 하루의 오염된 찌꺼기들은 청결한 화장실을 통해 흘려부내고, 안개꽃이 피어나는 샤워 실에서는 혼탁해진 영혼을 맑게 세척해 낼 것이다.

 - 〈리모델링〉의 일부

주택의 리모델링에서 영혼의 리모델링으로 끌어올린 상상의 확장이 예사롭지 않게 닿아온다. 김영애의 사유는 삶의 현실과 현장에서 영원, 영혼, 하늘에 닿아 있다. 그렇기에 언제나 마음에 묻은 욕망이란 때와 어리석음이란 얼룩과 분노라는 먼지를 깨끗이 씻어내고 싶어 한다. 마음의 정화를 통해서 무욕의 경지에서 치오르는 깨달음의 분수를 얻고자 한다.

한 편의 수필쓰기도 집을 짓는 일과 비유할 수 있다. 어떤 집을 어느 공간에 지어야 할 것인지는 작가의 인생관과 안목에 달려

있다. 수필집을 낸다는 일, 한 채의 집을 짓는 일이 아닐 수 없다. 김영애는 '리모델링'이란 작품에서 '영혼의 리모델링'을 소망하고 있다. 삶과 인생살이의 기억들을 기록으로 담아둔 평범한 수필집이 아니다. 삶의 체험을 통한 인생의 발견과 깨달음을 꽃피워낸 수필집의 면모를 확연하게 보여주고 있다. 주제의 일관성, 소재의 참신성, 문장의 탄력성, 작품의 사유성이 돋보인다.

삶과 수필쓰기를 밀착시킨 결과로서 문리(文理)가 흐르고 핵심이 빛을 발하고 있다. 해외 수필가로서의 드물게 수필의 정도(正道)를 보여준다. 세 번째 수필집 상재를 축하한다.

# 자기만의 색깔로 수놓은 생애의 통찰
## - 김영애의 수필 세계

**곽흥렬** | 수필가·동리목월문예창작대학 교수


□ 새 밀레니엄의 도래와 함께 수필작가가 엄청나게 늘어났다. 그 가운데서도 여성 수필가의 증가는 가히 폭발적이다.

이들의 등장은 우리 수필계에 지각변동을 가져왔다. 특히 여성 수필가들은 창작 활동에서 두드러진 활약상을 보이고 있다. 그러다 보니 그들의 등장으로 수필의 경향도 많이 바뀌어 가는 중이다. 이를테면 여성 특유의 섬세함을 무기로 감수성을 자극하는 수필들이 대거 쏟아져 나오는 특징을 보여주고 있음이 그 대표적인 흐름이라고 하겠다.

감수성 짙은 수필은 우선 읽는 맛이 좋다. 글이란 일단 독자들의 구미에 당겨야 한다는 점으로 보면 바람직한 현상이다. 하지만 지나치게 맛만 중시하였지 정작 중요한 깊이 면에서는 많이 아쉬운 감이 없지 않다. 읽을 때는 착착 감기는 감칠맛을 주지만, 정작 다 읽고 나면 무엇을 쓴 것인지 알기 힘든 수필이 상당수이다. 이는 다름 아닌 주제의식의 빈약에 연유한다. 이 같은 경향에 대해 임선희가 꼬집어 놓은 글은 주목할 만하다.

"최근의 한 가지 특징은 여성 수필가의 출현이다. 그들은 섬세하고 예리한 감각으로써 여성이 아니고는 쓸 수 없는 분야가 수필에 있다는 것을 증명했다. 깜짝할 사이에 인기작가가 되고, 그럴 만한 재능을 충분히 발휘한 사람이 있다. 동시에 수필이 문학으로서 나가야 할 길을 왜곡시킨 일면도 있다."

단언컨대 김영애 수필가의 수필은 이러한 여성 수필가들의 일반적인 성향으로부터 자유롭다. 여자가 썼으되 전혀 여자가 쓴 것 같지 않은 수필이 바로 김영애의 수필이다. 그는 표현력과 사유의 힘을 동시에 지니고 있는 작가임을 편 편마다 보여주고 있다. 이 점이 그의 수필이 지니고 있는 미덕이라고 하겠다. 작품평의 대상으로 필자에게 넘어온 다섯 편의 수필을 꼼꼼히 검토해 본 결과, 한 편 한 편에서 묵직한 중량감이 느껴지는 것은 바로 이런 이유에서이다.

그는 단순히 체험만을 기술하는 작가가 아니다. 그 체험을 육화시켜 자기만의 렌즈로 들여다봄으로써 생의 의미를 붙들어낼 줄 아는 작가이다. 그러기에 필자는 그의 작품 세계를 들여다보며 분석하는 일로 적지 않은 기쁨을 얻는다.

□ 텍스트가 된 작품들을 이리 재고 저리 살펴본 결과 몇 가지 유의미한 공통점을 발견할 수 있었다. 그 중 하나는 〈가시〉를 제

외한 나머지 네 작품이 외래어 내지는 외국어 제목을 취하고 있다는 사실이다. 이는 아마도 오래 전 미국으로 이민을 가서 긴긴 세월 교포로 살다 보니 무의식중에 자연스레 그 사회의 언어에 익숙해져 그리 된 결과가 아닐까 싶다. 이 점은 물론 제목뿐 아니라 본문에서도 자주 외래어와 외국어 어휘가 등장하는 것과도 무관치 않아 보인다. 무릇 언어란 것이 사회적 산물이며 언중은 어쩔 수 없이 그 언어의 지배를 받을 수밖에 없다는 사실을 여실히 보여주고 있는 사례라고 하겠다.

다른 한 가지는 작품마다 하나같이 연결고리를 설정하여 의미화를 시키고 있다는 것이다. 생선 가시에서 삶의 가시를, 방을 세놓는 렌트에서 인생의 렌트를, 마네킹에서 인간 마네킹을, 컴퓨터에서 인간 컴퓨터를, 핸드폰에서 메신저를 각각 끌어오고 있다.

그리고 또 한 가지는 다섯 작품이 모두 확장구조를 취하고 있다는 점이다. 도입부에서는 일상의 소소한 경험에서 출발하여 사유를 통해 점점 상상의 폭을 넓혀 나가, 궁극엔 삶에 대한 철학적 성찰로 이어지고 있다는 이야기다. 이는 마치 광부가 금맥을 찾기 위해 갱도로 점점 더 넓고 깊게 파 들어가 마침내 보석을 찾아내는 이치와 흡사하다고 하겠다.

▢ 세상에 수필은 많지만 정작 쓸 만한 수필은 쌀에 뉘처럼 드

물다. 이는 고만고만한 작품들에서 차별성을 찾기가 그만큼 어렵다는 의미가 된다. 여기서 이 차별성을 부여해 주는 결정적인 요인이 바로 통찰력을 바탕으로 하는 새로운 발견이다.

좋은 수필가가 되려면 '아무것도 아닌 것 같은 것'에서 '아무것'을 발견해 내는 안목을 지녀야 한다. 남들이 도저히 생각 못한 엉뚱하고도 기발한 발상을 할 수 있어야 한다는 말이다. 이런 독특한 사고가 독자들의 마음에 가 닿았을 때 공감대가 형성될 것이며, 그로 인해 자연스레 감동을 불러일으킬 수 있을 것이다. 이때의 감동은 정서적 감동이라기보다는 지적 감동이라고 하겠다.

대자연 속에 존재하는 삼라만상에는 그 어떤 것이든 제각기 나름의 존재형식을 갖고 있다. 김영애 수필가는 탁월한 심미안과 개성적인 시각으로 그 형식을 읽어 내는 통찰력을 지닌 작가이다. 텍스트로 넘어온 다섯 편의 수필에서 이 점은 뚜렷이 증명되고 있다. 어떠한 사물이나 현상도 그의 예리한 통찰력을 비켜가지 못한다. 그가 짜 놓은 사유의 그물에 그것들은 여지없이 걸려든다. 김 수필가는 그 사상(事象)들에서 자기가 필요로 하는 정보를 추출해 내는 능력을 지녔다.

먼저 〈가시〉를 보자. 이 작품은 꽁치를 먹다 목구멍에 가시가 걸리는 체험을 통하여 삶에의 성찰과 깨달음을 보여주고 있는 수필이다. 작가는 이 체험에서 유의미한 사유를 이끌어 냄으로써 주제의식을 강화하고 있다.

가시는, 말할 것도 없이 일반적으로 보면 우리에게 고통을 안겨주는 부정적인 대상이다. 그래서 가능하면 가시와는 인연을 맺지 않고 싶은 것이 인간의 보편적인 심리일 터이다. 하지만 일단 가시가 걸리는 상황을 만나게 되었을 때 그것을 대하는 태도는 사람마다 다르다. 어떤 이는 단순히 육신을 괴롭히는 독으로 여기지만, 어떤 이는 영혼을 성숙시키는 약으로 받아들인다.

그도 처음에는 많이 고통스러워한다. "밥을 씹지 않고 꿀꺽 삼켜도 보고 스무디 속의 커다란 보바를 멈춘 채 넘겨도 본"다. 하지만 가시는 생각처럼 그리 만만한 상대가 아니다. 가시의 저항은 한동안 이어진다. 가시로 인한 며칠간의 고통 속에서 그는 자신이 무엇을 취할 때는 찬찬히 가려 먹어야 할 것이라는 가르침을 얻는다. 그러한 가르침은 이내 생의 의미에 대한 성찰로 이어진다. 그것은 "내 맑은 영혼의 눈이 분수에 맞지 않는 욕심에 가려져, 삼켜서는 안 되는 것을 취하게 되면 그것 역시 예민한 삶의 가시에 걸려 인생을 힘든 고뇌로 채운다는 것"이라는 깨달음이다. 이 깨달음에서 더욱 사유를 확장시켜 "인생의 모든 가시에는 나름대로의 의미가 있"음을 확인한다. 여기서 가시는 말할 것도 없이 고통 혹은 시련으로 읽힌다. 세상만사 마음먹기에 달렸다고 했던가. "긍정적인 눈으로 보면 삶의 가시는 혀에는 쓰지만 몸에는 좋은 보약 같은 것이라고 하리라"라고 표현함으로써 자기 의지와는 상관없이 세상살이 도중에 만나게 되는 가시를 영혼을 살찌우는 보약으로 받아들이려는 긍정적인 삶의 자세를 보여주고 있다.

다음으로 〈렌트 인생〉은 아파트를 세놓은 경험을 바탕으로, 우리 인생이라는 존재가 세사는 기간 동안 절대자로부터 빌려 쓰는 임차인이며 그래서 이승의 삶이 끝나는 순간을 지구별 셋방살이를 끝내는 날이라는 독특한 발상을 하고 있는 작품이다.

작가가 처음부터 그런 깨달음을 갖게 된 것은 아니다. 그는 방을 세놓으면서 이런저런 일을 겪게 되고 거기서 별의별 인간 군상을 만난다. 그가 겪은 사람들은 대체로 좋은 인연들이지만, 때로는 두 번 다시 떠올리기 싫은 악연들도 없지 않았던 모양이다. 그러한 경험은 그에게 고뇌를 불러오고, 그 고뇌 속에서 생에 대한 발견과 성찰에 이르게 된다.


방을 임대하다 보면 그것에는 인생의 모순과 불합리가 고스란히 절여져 있는 것 같다. 선과 악이 뒤죽박죽 버무려지고 천당과 지옥이 마구 합성되어 그 실체의 정체성이 모호하기만 하다. 어쩌면 그것은 삶의 보기 흉한 부분같이 찢기고 흉하게 부풀어 오른 상처와 울퉁불퉁한 근육들이 엉겨 붙어 설명하기 힘든 괴물이 되었는지도 모른다.

　－〈렌트 인생〉 중에서

작가의 사유는 여기서 한 걸음 더 나아간다. 그것은 자기 인생이 어찌 보면 빌린 것일 것이라는 깨달음이다. 그리고 이 깨달음은 스스로에 대한 성찰로 이어진다.

삶 자체가 임차라는 것을 미처 몰랐던 나는 모든 것이 내 것이라고 착각하며 마구 욕심을 내었었다. 결혼을 하자 식솔들까지도 나의 소유라고 어리석은 착각을 했다. 내 집안에서 같이 숨을 쉬는 남편과 자식 모두가 나의 소유라고 여겼었다. 내가 소지했기에 모든 것을 마음대로 할 수 있다는 바보 같은 생각을 한 것이다.
　－〈렌트 인생〉 중에서

이처럼 그는 방을 세놓는 체험을 통하여 우리네 인생살이 자체가 본래부터 내 소유가 아닌 빌린 것이라는 깨달음에 이름으로써, 지금껏 자신이 욕심내었던 모든 것이 쓸데없는 허욕에서 비롯된 것임을 깨닫고 있다. 그러면서 "세상을 렌트하는 동안 내 것이라는 착각을 지우고 더불어 사는 이웃에게 좀 더 베풀고 풍족한 사랑으로 따뜻이 보듬어야겠다"고 표현함으로써 그 깨달음이 앞으로의 삶의 자세에 대한 지향점으로 작용하고 있음을 보여준다.
　그런가 하면 〈마네킹〉에서는 쇼윈도 안의 마네킹을 보면서 언젠가 자신이 마네킹이 된 적이 있음을 고백하고 있는 수필이다. 아니, 단순한 고백에서 그치는 것이 아니라 불의나 비리를 보고도 할 말을 못하고 외면해 버리는 요즈음의 세태를 질타한다.

마네킹의 속성은 '영혼의 부재'다. 개인주의가 판을 치고 있는 지금 세상에는 영혼 없이 사는, 사람답지 못한 사람들이 적지 않다. 그런 인간 군상을 향해 강한 비판의 메시지를 던지고 있다.

생존하지만 참된 혼이 실종되었다면, 그것은 영혼이 없는 마네킹과 다를 바 없을 것이다. 불의나 비리를 보고도 할 말을 못하고 애매한 표정이나 짓는 사람은 삶이 없는 마네킹과 무엇이 다르단 말인가.

─〈마네킹〉중에서

하지만 작가는 세태에 대한 비판으로 그치지 않고 그 시선을 자기에게로 돌린다. "종종 상황에 따라 정직한 삶을 흉내만 낼 뿐, 진실 된 영혼이 사라진 가짜 인생의 마네킹인지도 모른다."라고 표현함으로써 자신을 '생존경쟁에서 남보다 앞서가기 위해 살아 있는 영혼을 실종시키는 비굴한 마네킹'으로 의미화 한다.

작가는 여기서 다시 사유를 확장시켜 "살있지만 죽은 듯 사는 인간과 죽었지만 산사람 역할을 해내는 유사 인간"이라는 표현으로 인간과 마네킹을 비교한다. 이것은 "사람보다 더 사람처럼 자리하면서 사람임에도 인간답지 못한 우리의 모습을 지적"하기 위하여 설정해 놓은 장치다. 결국〈마네킹 〉은 쇼윈도의 마네킹에서 오늘날의 박제된 인간상을 발견해 내어 의미화 함으로써 사람이 인간다운 삶을 살기 위해서는 잃어버린 인간성을 되찾아야 함을 역설하고 있는 수필이다.

한편 〈컴퓨터〉에서는 컴퓨터를 인간과 연결고리 지어 삶의 문제를 파헤치고 있는 전형적인 의미화 기법을 보여준다.

그는 어느 날 잘 쓰고 있던 컴퓨터가 고장 나는 경험을 한다. 수리기사를 부르고 내부가 해체된다. 미로처럼 얽혀 있는 컴퓨터 속의 회로를 들여다보면서 동맥과 정맥 그리고 실핏줄로 연결된 인간의 혈관을 떠올린다. 그러면서 컴퓨터의 내장에서 "복잡한 세상일을 다루어선지 무척이나 복잡하고 혼란스럽다"는 표현으로 둘 사이의 유사성을 찾아낸다.

하지만 이내 그러한 구조상의 유사성에도 불구하고 컴퓨터와 인간 간의 결정적인 차이점을 발견한다. 그것은 감정의 유무이다. 아무리 컴퓨터가 인간을 빼닮은 기계라고는 하지만 어디까지나 컴퓨터는 컴퓨터고 인간은 인간이다. 컴퓨터가 인간이 될 수는 없는 노릇이다.

컴퓨터에는 따뜻한 피가 흐르지 않는다. 안하무인인 그놈은 푸근하고 순박한 사람 냄새 나는 인간 위에 도도하게 군림하는 것 같다.
　－〈컴퓨터〉 중에서

컴퓨터는 인간의 손에 의해 만들어진 기계이다. 인간이 만든 그 기계에 인간 자신이 정복당할 수 있다는 사실을 상기하며 자승자박의 상황을 떠올린다. 이것은 하나의 두려움이다. 인공지능컴퓨터에 인간이 정복당할 것 같은 상황이 실제로 일어나고 있는 것이 저간의 사정 아닌가.

그는 여기서 사유를 더욱 확장시켜 자기 자신을 컴퓨터로 연결짓는다.

그렇다면 나는 과연 어떤 컴퓨터일까? 하나의 업무를 처리하기 위해서는 입력·제어·기억·연산·출력의 다섯 장치가 고루 연결돼 종합적으로 기능을 수행하는 바람직한 컴퓨터일까. 자신의 프로그램 명령만을 강조한 나머지 그것을 감독하느라 주변과는 문조차 못 여는 소통 불능의 컴퓨터는 아닐까. 아니면 입력된 기억만을 강조하며 딱딱하게 앉아 누구하고도 불통하려는 그런 것일 수도 있으리라.

－〈컴퓨터〉 중에서

자신을 세상 사람들과 소통하지 못하는 컴퓨터일지도 모른다는 인식은 앞으로 자신의 삶이 어떠해야 할 것인가에 대한 성찰로 이어진다. 낡은 컴퓨터가 새 부품으로 교체되면서 업그레이드된 기능을 회복하듯, 그도 "성숙된 감성과 치밀한 이성 수치와 정확한 판단력으로 다시 태어나"기를 희망하고 있다.

마지막으로 〈핸드폰〉은 극장에서 영화 관람을 하다 휴대전화를 잃어버린 체험을 바탕으로 인연의 지중함에 대해 사유하고 있는 수필이다. 하필이면 자신이 가진 휴대전화를 만나게 된 것도 인연이지만, 작가의 사유는 여기서 그치지 않고 한 단계 더 나아간다. 곧 핸드폰을, 인연을 맺어주는 메신저로 의미부여를 하고 있는 것이 그것이다. "핸드폰은 넓고 깊은 삶의 바다 가운데에서 오직 한 사람을 찾아내 몇 천 겹의 인연을 수시로 맺어"주기에 메신저나 다름없다는 것이다.

작가의 사유는 여기서 또다시 이어진다. 그는 마침내 핸드폰을 두고 '세상'이라고까지 사유의 폭을 확장시킨다. 그래서 핸드폰을 가지고 다니는 것을 "세상을 들고 다닌다"고 표현하고 있다. 그 말에 누구든 고개가 끄덕여질 법하다. 예전에는 백과사전이 세상의 모든 정보를 담고 있었다면 요즈음은 그 역할을 핸드폰이 맡고 있지 않은가. 핸드폰 안에 세상의 모든 정보가 다 들어 있으니 핸드폰이 세상이라는 그의 말이 그리 허황된 생각은 아닐 것이다.

그러다 그는 일말의 두려움을 느낀다. 모든 것을 온전히 핸드폰에 의지하였다가 "어느 날 그것이 사라지는 순간 치매 걸린 사람마냥 아무것도 기억 못하고 바보로 떨어지는 것이 아닌가" 하는데 대한 두려움이다. 그가 이런 생각에 이르게 된 데는 절대적인 권능의 무서움에 대한 경계심 같은 것이 사유의 심층에 자리하고 있다. 이렇게 본다면 핸드폰은 꼭 핸드폰 하나만이 아니라 세상의 모든 것이 될 수 있는 객관적 상관물인 셈이다.

　□ 지금까지 김영애의 수필 세계를 그의 다섯 편의 작품을 통하여 살펴보았다. 그의 수필에는 여성 작가이면서도 여성 작가들의 일반적인 경향을 뛰어넘는 그만의 개성이 잘 드러나 있다. "수필이 비록 체험의 글이라고는 하나 너무 사소하거나 개별적인 에피소드에 묻히는 안타까운 경향도 있다"는 한 중견 수필가의 지적처럼, 요즘 수필은 너무 소소한 자기만의 일상의 서술에 매몰되어 문학성을 상실하고 있음을 부인할 수 없다. 이러한 수필계의 상황에서 김영애의 작품들은 단순한 체험에만 머물지 않고 체험에다 상상과 사유를 불어넣어 자기만의 색깔로 풀어 놓음으로써 보다 차원 높은 예술적 경지를 보여주고 있다.

　지금껏 견지해 온 사유 수필의 양식은 더욱 발전적으로 살리면서, 거기다 다른 여러 유형의 수필들에 대한 시도도 해보라는 당부를 하고 싶다. 이미 발표한 작품들의 수준으로 미루어 보아 앞으로 더욱 큰 기대를 걸어도 좋을 것임을 믿어 의심치 않는다.

　아무쪼록 이 세 번째 수필집이 많은 독자들의 사랑을 받을 수 있기를 소망하며 무딘 붓을 거둔다.